예지몽으로 히든랭커 4

2021년 3월 11일 초판 1쇄 인쇄
2021년 3월 16일 초판 1쇄 발행

지은이 이현비
발행인 이종주

총괄 김정수
경영지원 배진경 임혜솔 송지유

기획 이기헌 왕소현 박경무 강민구
책임 편집 백승미

발행처 (주)로크미디어
출판등록 2003년 3월 24일
주소 서울시 마포구 성암로 330 DMC첨단산업센터 3층 318호, 319호
Tel (02)3273-5135 **편집** 070-7863-8595 **Fax** (02)3273-5134
홈페이지 rokmedia.com **E-mail** rokmedia@empas.com

값 8,000원

ISBN 979-11-354-9386-7 (4권)
ISBN 979-11-354-9382-9 04810 (세트)

예지몽으로
히드랭커

이현비 게임 판타지 장편소설 ④

CONTENTS

아그레브에서 생긴 일

그날 저녁, 타르벨 상단으로 향하는 거메인 일행에는 가온과 패터도 끼어 있었다.

스톤과 퍼슨은 가온이 지시한 은도금 무기 건부터 당장 처리하겠다며 따로 나갔기 때문에 패터도 심심했는지 따라붙었다.

"타르벨 상단의 단주인 암벨은 좋은 분이지만, 가끔 욕심이 과해서 실례를 하는 경우가 있습니다. 기억해 주십시오."

상단 바로 앞에 도착했을 때 거메인이 그렇게 당부했다.

"알겠습니다. 그런데 이곳에서 활동할 것도 아니고 다시 만날 일이 없을 것 같습니다."

원래 계획대로라면 랑트에서 50레벨까지 머무른 후 이곳으로 올 생각이었는데, 굳이 그럴 필요가 없었다. 아그레브 주위에 유달리 울프 종류가 많이 서식한다는 것을 제외하면 인근에 서식하는 마수나 몬스터는 비슷했다.

레벨을 빠르게 올리려면 좀 더 위험한 지역으로 갈 생각이다. 더 북쪽에 있는 '통곡의 벽'처럼 변경 요새와 같은 곳이었다.

하지만 지금은 앞으로 성장할 길을 정한 상태였다.

'던전만 집중적으로 공략한다!'

던전에 특화된 퍼슨도 있거니와 자신 역시 관련 스킬들을 얻었으니 던전을 통해 성장할 계획이다.

"괜한 걱정을 한 모양이군요. 들어가지요."

그 말을 하는 거메인의 얼굴이 묘하게 편해 보였다.

상단 일꾼이 안내하는 대로 큰 방에서 대기를 하던 가온 일행은 얼마 되지 않아서 다른 일꾼의 안내를 받아서 지하로 내려갔다.

지하에는 창고로 썼던 것으로 보이는 큰 지하실이 있었는데, 그곳에는 여섯 명의 마법사와 네 명의 사제가 이미 자리하고 있었고 앉을 의자가 놓여 있었다.

가온 일행은 마법사와 사제의 따가운 시선을 받으며 미리 들은 대로 뒤쪽에 자리를 잡고 앉았다.

그러자 마법사와 사제는 경쟁자가 아니라는 사실을 깨닫고 비로소 사나운 시선을 거두었다.

얼마 후 작은 탁자 앞으로 한 사람이 나왔다.

"타르벨 상단의 상단주 암벨입니다. 고명하신 마법사님들과 성결한 사제님들을 이 자리에 모시게 되어 영광으로 생각합니다."

먼저 진심이 담긴 인사를 했지만 별 반응이 없었음에도 얼굴색 하나 변하지 않은 암벨이 다시 말을 이었다.

"이 자리는 제 지인이 험로를 뚫고 구해 온 귀중한 물품을 경매를 통해 처리하기 위해서 마련되었습니다. 급하게 열었음에도 모두 참석해 주셔서 정말 감사합니다."

경매 참가자들은 아무 대답도 하지 않았지만 분위기는 나쁘지 않았다.

"그럼 바로 트롤, 그것도 재생력이 탁월한 생혈에 대한 경매를 시작하겠습니다. 경매 대상인 트롤의 생혈은 20리터입니다."

그 말과 함께 진행을 맡은 상단 관계자가 앞으로 나왔고 경매가 시작되었다.

경매가 시작된 암벨 상단의 지하실의 분위기는 무척 뜨거웠다.

트롤의 생혈은 20리터씩 경매에 붙였다.

"150골드! 155골드는 없습니까? 155나왔습니다! 160골드는 없습니까?"

경매를 처음 진행하는 타르벨 상단의 중년 회계는 처음에는 버벅거렸지만 이내 적응해서 사람들의 구매 욕구를 자극하고 있었다.

결국 다섯 번에 나누어 진행된 트롤의 혈액 20리터는 각각 210골드에서 240골드에 낙찰되었다. 총액이 1,122골드이니 5리터짜리 한 자루가 40골드가 넘는 금액에 팔린 것이다.

예지몽 속에서 트롤의 혈액 가격에 대해서는 들은 적이 없는 가온은 마지막 경매가 진행되는 동안 퍼슨에게 낮은 소리로 물었다.

"이 정도면 적정한 낙찰가라고 할 수 있습니까?"

"사냥이 원활했을 때는 트롤 생혈 한 자루당 20골드가 시세였으니 많이 오른 편이지요."

그사이에 두 배가 오른 것이다.

"그래도 낙찰을 받은 이들은 손해가 아닙니다. 생혈을 사용하면 포션의 등급이 올라갈 뿐 아니라 그만큼 포션 가격이 올랐으니까요. 1년 전에 비해서 거의 두 배 정도 올랐거든요."

"그렇군요."

아마 플레이어들이 트롤을 쉽게 사냥할 때까지는 이 가격이 유지될 것 같았다.

경매는 성황리에 끝났다. 마탑 지부 네 곳과 신전 지부 한 곳이 낙찰을 받은 것이다.

낙찰을 받은 이들은 말할 것도 없고 다른 참가자들도 자신들만 참여한 이 경매가 마음에 드는 모양인지 상단주에게 웃는 낯으로 인사를 나누고 돌아갔다.

　그건 암벨이 트롤의 생혈 경매가 이번 한 번으로 끝나는 것이 아니라 분기에 한 번씩 정기적으로 열겠다고 약속했기 때문이다.

　게다가 다른 경매의 경우 중간상이라고 할 수 있는 상단들까지 경매에 참가하는 바람에 낙찰가가 확 뛸 수 있었지만, 꼭 필요한 수요자들만 초청한 점도 호감을 샀다.

　그렇게 경매가 끝난 후 암벨은 거메인에게 총낙찰액인 1,122골드를 모두 지급했다.

　"수수료는요?"

　당초 거메인이 약속한 수수료는 5%였다. 일반 경매소가 경매 수수료를 10%에서 20% 정도 받는 것에 비하면 적지만 그래도 지불하기로 약속했다.

　"이번에 한해서 안 받겠네."

　아무래도 암벨은 경매가 끝난 후 참가한 사제들과 마법사들과의 개별 미팅을 통해 원하는 것을 얻은 모양이다. 전형적인 상인인 그가 수수료까지 포기한 것을 보면 말이다.

　"감사합니다."

　거메인도 더 이상 수수료를 언급하지 않고 대금은 받았다.

　"그럼 다음 상행은 언젠가?"

"아까 말씀드린 대로 석 달 이내에 올 생각입니다."

거메인이 가온의 눈치를 보면서 말했다. 어떻게든 가온을 회유할 생각이었다.

"기대하겠네. 알폴광산 매매 건은 그때 마무리하기로 하지."

이미 거래 계약은 체결했지만 두 상단 입장에서도 중요한 매매이고 잔금 등 계약의 마무리를 해야만 했다. 그리고 당연히 드인 상단에서도 거메인보다는 단주가 와야만 했다.

그렇게 가온이 처음 보는 경매가 끝이 났다.

그 후에 타르벨 상단의 단주라는 암벨의 사무실로 이동해서 차를 마셨다.

가온은 자신에게 유난히 호감을 드러내는 암벨의 태도에 좀 이상함을 느꼈지만, 대수롭지 않게 받아들였다.

얘기를 하다가 거메인이 다음에 드인 상단이 이곳에 올 때 호위를 부탁한다는 말을 하기에, 큰일이 없으면 그러겠다고 대답한 다음부터는 집요한 암벨의 시선이 약해졌는데, 별로 신경을 쓰지는 않았다.

여관으로 돌아온 직후 모두 모인 자리에서 거메인이 가온에게 타르벨에게 받은 대금을 모두 주었다.

'너무 엄청나서 감이 오질 않네.'

아쉬운 점은 그사이에 환율이 1골드당 53만 원 정도로 안

정이 되었다는 점이다. 최고조로 올랐을 때 이 정도 골드가 있었다면 하는 생각에 잠시 안타까울 정도였으니 말이다.

가온은 그 자리에서 약속한 보너스를 지급했다. 스톤과 퍼슨, 패터, 타람, 로에니 그리고 샘슨은 2%인 23골드를, 그리고 타이린의 경우에는 5%에 해당하는 56골드씩을 준 것이다.

마지막으로 이 자리에는 없는 스타이러에게는 앞으로 공부를 열심히 하라는 의미로 10골드를 주었다.

보너스를 주고도 가온에게는 928골드라는 엄청난 돈이 남는다.

그렇게 남은 돈 중에서는 거메인이 미리 요청한 대로 600골드를 빌려주었다. 타르벨 상단이 소유한 철광산을 매입하기 위해서 빌려줄 수 있는지 물어보기에 그러라고 했다.

"온 님, 저나 스타이러가 정말 이렇게 많은 추가 보수를 받아도 될까요?"

뜻하지 않게 거금을 받게 된 스톤이 마음이 불편했는지 조심스럽게 물었다. 본래 보수를 받지 않으려고 했거니와, 그는 트롤 사냥에서는 거의 역할을 하지 못했기 때문이다.

"스톤은 정찰 임무를 맡아서 트롤 사냥에 충분히 기여했습니다. 그리고 스타이러도 어느 정도 역할을 수행했으니 최소한으로 지급하는 겁니다."

"받은 만큼 공헌을 하지는 못했지만, 손자 녀석 때문에 이번은 염치 불고하고 받도록 하겠습니다. 대신 앞으로 그만큼 공헌할 것을 약속드리겠습니다!"

생각도 하지 않고 있다가 거금을 받은 다른 이들도 스톤과 마찬가지로 진심으로 고마워했다.

그런 거금을 사양하는 사람도 있었다. 바로 거메인의 호위로 따라온 샘슨과 타이린이었다.

"감사하지만 저희는 받을 자격이 없다고 생각합니다."

"욕심은 나지만 저희는 상단에서 따로 받는 것이 있어요."

"그건 상단과 두 분 사이의 일입니다. 나는 여러분에게도 수익의 지분을 주기로 약속했으니 그대로 하겠습니다."

그래야 마음이 편할 것 같았다. 그들이 진심으로 그의 지휘를 따랐기에 이런 거금을 번 것이니 말이다.

결국 샘슨과 타이린은 거메인이 받으라고 권한 후에야 돈을 받았다.

샘슨도 그렇지만 특히 타이린이 무척 좋아했다. 속박 마법을 연속으로 펼친 것이 전부였기에 받기가 미안했지만, 그녀에게도 그 돈은 엄청난 거금이었다.

거메인이야 돈보다 더 귀한 것을 챙겼으니 모두가 즐거울 수밖에 없었다.

"우리 아무래도 한잔해야 할 것 같네. 이렇게 큰 행운을 얻었는데, 이대로 넘기면 뭔가 안 좋은 일이 생길 것 같아서 말이야."

"그럼 암말의 둥지는 어때?"

스톤의 말에 퍼슨이 은근한 얼굴로 물었다.

"예끼! 이 사람아! 거기 술값이 얼마나 비싼지 알면서 그래."

"그래도 자네나 나나 아직 멀쩡하잖아. 가끔은 풀어 주기도 해야지. 짝도 없는데 이런 맛도 있어야지."

"크흠. 그럴까."

"딱 2골드만 쓰고 오자고."

"뭐 그 정도라면."

"하하하. 저도 같이 가면 안 되겠습니까?"

두 사람은 소리를 낮춘다고 했지만 거메인과 타람도 들었는지 눈을 빛내며 물었다.

"거메인 상두와 타람도 같이 가겠습니까?"

"그렇습니다. 객고는 풀어야 할 것 아닙니다. 저도 암말의 둥지에 대한 말을 제법 들었는데 한 번도 못 가 봤거든요."

"전 두어 번 들렸습니다. 아는 얼굴이 있을 겁니다."

타람이 그렇게 말했지만 로에니는 이 정도 일탈은 눈감아 주겠다는 듯 관심을 끊은 얼굴이었다.

"흐흣. 그럽시다. 대신 2골드만 가지고 가야 할 겁니다. 거긴 주머니에 있는 돈은 다 쓰고야 나올 수 있다는 소문이 자자하니 말입니다."

"알겠습니다. 자네는 어떻게 할 텐가?"

거메인이 호위 무사인 샘슨까지 끌어들였다.

"저는 내일 용병 길드에 다녀오려고 합니다. 그동안 모은 돈과 이번에 온 님이 주신 돈을 합하면 눈여겨보던 스킬 하나는 배울 수 있는 돈이 될 것 같습니다."

"에잉. 자네는 참 재미가 없어."

그렇게 네 사내가 밖으로 나가자 로에니와 샘슨 그리고 타이린은 가온에게 감사의 묵례를 하고 자신들의 방으로 향했다.

"가온, 넌 뭐 할 거야?"

"왜?"

"왜긴. 나도 심심해서 그러지. 같이 한잔 안 할래?"

패터도 성인이고 생각지도 않은 거금이 생겼으니 여자는 몰라도 술 생각이 간절한 모양이다.

"그냥 여기서 마시자. 종업원에게 좋은 걸로 몇 병 달라고 해. 내가 쏠 테니까."

"에휴! 네가 그렇지, 뭐. 알았어."

그렇게 투덜거리며 주문을 하려고 별채를 나섰던 패터가 금세 돌아왔다.

그런 그의 뒤에는 마법사 한 명과 사제 한 명이 수행원 한 명씩과 함께 따르고 있었다.

'마법사와 사제가 웬일이지?'

이상한 일이지만 가온에게 묵례를 하는 그들은 구면이

었다.

'아! 비밀 경매에서 본 사람들이군.'

이들이 왜 이곳까지 찾아왔는지 모르겠지만 나쁜 일은 아닐 것 같아서 두 사람을 반갑게 맞이했다.

"아까 뵈었었죠. 반갑습니다. 온이라고 합니다."

"대지의 마탑 마법사인 이제르라고 합니다."

"자애의 신전 차석 사제 모제인이에요."

이제르나 모제인은 성별은 다르지만 외부 일을 책임지는 직책을 맡고 있는 듯 얼굴이나 태도가 호감이 가는 편이었다.

"고귀하신 분들이 여긴 어떻게⋯⋯?"

"확인하고 싶은 것이 있어서 들렀습니다."

"저 역시 마찬가지입니다."

"말씀하십시오."

가온은 불청객인 상대가 시간을 끌지 않는 점이 마음에 들었다. 무시할 수 없는 상대이기에 자칫 힘든 시간이 될 수도 있었으니 말이다.

"혹시 트롤의 생혈이 더 있는지 알고 싶습니다."

"왜 그걸 제게 묻는 겁니까?"

"온 님이 그 생혈의 주인이니까요."

"더 있을 수도 있다고 기대하고 찾아왔어요."

어떻게 그 사실을 알았는지 모르겠지만 상대가 그렇게 말하니 부인할 수가 없었다.

"개인적인 용도로 쓰려고 소량을 가지고 있긴 합니다."

"리터당 15골드를 드리겠습니다. 여유가 있으면 팔아 주십시오."

"저도 마찬가지 제의를 하고 싶어요."

경매가는 리터당 평균 11골드 정도였다. 그러니 4골드나 더 부르는 것이다.

그런데 이럴 의향이 있다면 경매에서 그 가격을 불렀으면 되는데 왜 이렇게 따로 찾아와서 팔아 달라고 하는 건지 이해가 가질 않았다.

이제르는 그런 가온이나 패터의 의구심을 알아챘는지 그 부분에 대해 설명을 했다.

"저희 마탑 지부에는 재고가 조금 남아 있거니와 포션 생산량이 그리 많지 않습니다. 굳이 20리터나 필요하지는 않습니다."

"그건 저희 사정도 비슷해요."

그러니까 두 곳은 트롤의 피가 필요하긴 하지만 많이 만들 수가 없어서 굳이 20리터나 살 필요는 없었다는 얘기다.

"얼마나 필요하십니까?"

"저는 7리터면 족합니다."

"저는 5리터요."

확실히 필요한 양이 한 번에 경매에 붙인 20리터보다는 적

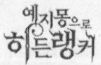

었다.

"그럼 다른 곳에서 구입을 하면 되는 거 아닌가요?"

조용히 듣고 있던 패터가 물었다.

"그럴 수도 있지만 경쟁을 하는 입장이라서요."

듣고 보니 그럴 법도 했다.

"좋습니다. 제 개인적인 용도로 쓸 양을 제외하면 두 분에게 각각 5리터씩은 판매할 수 있을 것 같군요."

자신 몫으로 챙긴 트롤의 생혈은 쓰고도 충분했다.

"감사합니다!"

두 사람은 큰 기대는 하지 않았는지 가온의 대답에 크게 기뻐했다.

"대신 대금은 현금이 아니라 아이템으로 받고 싶습니다. 가능하겠습니까?"

"어떤 아이템을 원합니까?"

이제르가 눈을 빛내며 물었다. 마탑이나 신전 측에서도 현금보다는 현물로 거래하는 편이 이익이다.

"마탑 쪽은 판매 금액에 상당하는 혈액 응고 방해제와 혈액 주머니, 포션 병, 코르크 마개, 그리고 진공 상태로 만드는 데 필요한 주사기 등으로 받고 싶습니다."

지구와 달리 정교한 유리나 금속 제품은 대부분 수제이기 때문에 가격이 무척 비쌌다. 그리고 이왕이면 나중을 위해서 부족한 물품을 충분히 쟁여 두고 싶었다.

"오! 트롤 전문 사냥꾼이십니까?"

가온은 굳이 대답을 하지 않고 이제르의 대답을 기다렸다.

"좋습니다. 판매가에서 30% 할인한 가격으로 그 물건들을 드리겠습니다."

"그럼 우리 쪽은요?"

모제인이 물었다.

"신전 측은 성수와 언데드 사냥에 효과적인 성물로 받고 싶습니다. 다만 성물은 15개 정도면 좋겠습니다."

성물이라고 해도 낮은 등급은 그리 비싸지 않다. 언데드가 횡행하는 세상이라서 일반인들도 성물을 많이 찾기 때문이다.

"그건 가능해요. 저희 역시 판매가에서 30% 할인된 가격으로 드릴게요."

모제인이 밝은 얼굴로 대답했다.

"그럼 정식 거래는 내일 아침 무렵에 하는 게 어떨까요?"

자신이야 시세를 전혀 모르니 기왕이면 거메인이나 퍼슨이 있는 자리에서 거래를 하고 싶었다.

"알겠습니다."

"거래해 주셔서 감사해요. 루께서도 감사해하실 거예요. 그럼 내일 뵙도록 하지요."

이제르와 모제인은 방문했을 때와 달리 환한 얼굴로 돌아갔다.

"후우. 이제는 정말 한잔할 수 있겠지?"

"그래. 빨리 주문이나 해. 난 세 사람에게 같이 마실 건지 물어볼 테니까."

"알았어."

가온은 패터가 나간 후 샘슨과 타이린 그리고 로에니를 술자리로 초대했는데, 세 사람도 들뜬 마음을 쉽게 안정시키지 못하고 있었는지 바로 초대를 수락해서 젊은 사람들끼리 즐거운 술자리를 즐길 수 있었다.

다음 날 아침, 일행이 식당에서 식사를 하고 나오자 기다렸다는 듯 이제르와 모제인이 별채로 찾아왔다.

이제르는 가온이 말한 물건들을 가지고 왔는데 단가가 낮아서 그런지 할인 폭이 커서 그런지 몰라도 엄청난 양이었다.

모제인은 1리터들이 물주머니에 가득 들어 있는 성수 10개와 루의 가호가 걸려 있는 목걸이 15개 그리고 주교가 특별히 신성력을 담았다는 단검 한 자루를 가지고 왔다.

가온 역시 미리 양측에 넘겨줄 트롤의 피를 준비해 두었기에 양측은 짧은 시간에 기분 좋게 거래를 마칠 수 있었다.

"저희 마탑 지부는 규모가 작아서 한 번에 이 정도의 피만 있으면 됩니다. 최소한 경매가보다 높은 가격에 구입할 테니 따로 거래를 하시면 안 되겠습니까? 현물일 경우 40% 할인

된 가격으로 거래하겠습니다.”

“저희도 마찬가지 상황이에요. 대지의 마탑과 같은 제의를 드리고 싶어요.”

“정해진 시기를 약속할 수는 없지만 가능하다면 그렇게 하겠습니다.”

별일이 없다면 거메인이 말한 대로 석 달 정도 후에 다시 아그레브에 올 생각이 있는 가온에게도 나쁜 제의는 아니다.

그렇게 양측 모두 만족하는 거래를 마친 후 가온 일행은 뿔뿔이 헤어졌다. 거메인 일행은 아그레브에서 원래 목적대로 유명한 금속 괴를 사들이기 위해서, 스톤은 손자와 아그레브를 구경하기 위해서, 그리고 퍼슨 부자와 가온 역시 필요한 물건을 사야만 했다.

퍼슨은 한동안 이곳에서 거주했던 만큼 아는 사람들이 많았다. 가는 곳마다 반갑게 맞이해 주었다.

그는 따로 할 일이 더 있었다. 가온이 은밀히 알아봐 달라고 부탁한 일이 있었다.

퍼슨과 패터는 모험에 필요한 물건들을 사들였고, 가온은 그것들 중 자신에게 필요하다 싶은 것들은 물론이고 이곳에만 풍부하고 가격이 싼 물건들을 사느라고 하루를 꼬박 보내야만 했다.

그렇게 점심까지 건너뛰고 오후 늦게까지 쇼핑을 하고 여관으로 돌아온 일행은 녹초가 되어 버렸다.

퍼슨과 패터는 정리를 한다고 방으로 들어갔고 가온 역시 저녁 식사 때까지 쉬기로 했다.

'너무 많이 썼나?'

생각해 보니 오늘 하루에 쓴 돈만 무려 80골드에 육박했다. 환율을 고려하면 엄청난 금액인데 지름신이 강림했는지 뭔가에 홀린 것처럼 엄청난 물량을 사들였다.

조리 도구와 식기부터 시작해서 자질구레한 물건들을 그야말로 산더미처럼 샀다.

그중에는 꼭 필요한 물건도 있었지만 퍼슨과 패터 때문에 산 것들도 있었다. 언젠가는 쓸데가 있을 거라고 생각해서 구입했지만 지금 생각하니 과소비를 한 건 아닌지 후회가 되기도 했다.

'에이, 몰라! 나중에 쓰면 되지.'

그래도 가온은 방어구와 무기를 사지 않아도 되기 때문에 다른 플레이어들에 비하면 여유가 있는 편이다. 지금만 해도 거메인에게 600골드를 빌려주고도 한참 여유가 있지 않은가.

'아!'

생각해 보니 더 살 것이 있었다.

바로 밖으로 나간 가온은 사람들에게 물어서 자애의 신전 지부를 방문했다.

원래는 사제로 전직을 할까도 싶었는데 굳이 그럴 필요가 없었다. 사제의 경우 신성력이라는 능력치만 개화시켜 주는데 그건 성약이라는 아이템으로 해결할 수 있었다.

칭호의 효과로 인해서 부직업의 페널티는 없지만 굳이 사제로 전직하기에는 과정 자체가 귀찮았다. 다른 직업과 달리 사제는 반드시 사제 복장을 하고 고유한 행위 즉 정해진 시간에 기도를 한다든지 음주 등의 행위를 하지 말아야 하는 제약이 있었다.

"어떤 일로 찾으셨습니까?"

자애의 신전은 전면의 2층 건물에 신성 아이템을 판매하는 상점이 있고 본 신전은 뒤쪽에 따로 있었다.

"모제인 님을 뵙고 싶습니다. 온이라고 하시면 아실 겁니다."

"잠깐만 기다리십시오."

수련 사제로 보이는 청년이 모제인을 찾으러 간 사이에 다른 수련 사제가 따라붙었다.

"혹시 공용 매직북도 있습니까?"

신전의 공용 매직북은 '블레스(축복)', '퓨리파이(정화)', '큐어(치료)' 등의 신성 계열 마법이 수록되어 있었다.

"당연히 있습니다. 그런데 매직북은 이계인들을 위해서 만들었는데…… ."

누가 봐도 지금 가온의 복장은 이제 막 사냥을 시작한 이계인들과는 달랐기에 말을 흐리는 것이다.

히든랭커

"선물을 하려고 합니다."

"그렇군요. 찾는 매직북이 따로 있습니까?"

"정화와 큐어 매직북과 성약을 구입하고 싶습니다."

"매직북은 각각 10골드지만 ……성약은 굉장히 비싼데요."

매직북으로 신성 마법을 익히면 효율이 절반으로 낮아진다는 점을 고려하면 매직북의 가격은 자신들이 생각해도 굉장히 비싼 편이었다.

거기에 신앙심을 가지고 봉사, 헌신이라는 이름으로 퀘스트를 하지 않고도 신성력을 인위적으로 높여 주는 성약의 가격은 말할 것도 없었다.

그때 모제인이 수련 사제와 함께 모습을 드러냈다.

"온 님!"

모제인이 가온을 반갑게 맞이하자 두 수련 사제는 의아한 얼굴이 되었다. 모제인이 지부의 차석 사제로 주교 바로 아래 지위라는 점을 생각하면 굉장히 의외였다.

"여긴 어쩐 일이십니까?"

"추가로 구하고 싶은 물건이 있어서 찾아왔습니다."

"어떤 겁니까?"

"성약을 구입하고 싶습니다."

성약은 인위적으로 신성력을 생성시켜 주는 약이다. 신을 믿지 않아도 얻을 수 있기에 사제 계열의 플레이들은 물론이고 일반 플레이어들도 사용할 수 있었다.

가온의 말을 들은 모제인은 잠시 묘한 얼굴이 되었다가 이내 고개를 끄덕였다.

"성약의 등급은 어떤 걸 원하십니까?"

"등급이 있습니까?"

예지몽을 통해 성약이나 신성 매직에 대해서는 들어서 알고 있지만 자세히는 알지 못했다.

"네. 이계인 전용이라 아직 만들어진 양은 얼마 되지 않습니다. 하급은 30골드이고 중하급은 50골드로 가격이 책정되었습니다. 그 이상 등급의 아직 없습니다."

"음. 그럼 중하급으로 2개를 주십시오."

힐 마법을 익혔지만 치료 효과만 따지면 신성 계열의 큐어와는 비교할 수 없이 낮았다. 그렇기에 신성 마법까지 익힐 생각을 했지만, 제대로 효과를 내려면 신성력을 높여 주는 성약이 필수라는 사실 정도는 알고 있었다.

"안타깝게도 같은 등급의 성약은 약효가 중복되지 않습니다."

그 얘기는 같은 등급의 성약을 2개 복용한다고 해서 효과가 더해지는 것은 아니라는 뜻이다.

"그럼 하급과 중하급 하나씩을 구입하지요. 정화와 큐어 매직북도요."

"저희 신전에는 귀인이신 온 님이 사시겠다면 합해서 60골드에 드리겠습니다."

벌써부터 4할의 할인율이 적용된 모양이다.

'그럼 성약 하나를 더 살까?'

채미령의 지인이 사제로 전직을 했다고 하니 선물할 생각이었다. 하급 성약 정도는 이미 복용했을 것 같았다. 가능하면 진정한 동료로 만들고 싶었던 것이다.

"그럼 중하급 성약 하나를 더 구입하겠습니다."

"그러시다면 90골드로 맞춰 드리겠습니다."

가온은 그 정도면 좋은 거래라고 생각하고 그 자리에서 바로 대금을 치르고 물건들을 받았다.

여관으로 돌아오니 다른 사람들은 아직 오지 않았다. 퍼슨과 패터는 그새 산 물건들의 정리를 끝내는지 코 고는 소리가 요란했다.

자신의 방으로 들어온 가온은 바로 하급 성약부터 복용했다.

성약은 목으로 넘어가는 즉시 녹아 버렸는데 가온은 머릿속에서 폭죽이 터지는 것 같은 감각과 함께 황홀감에 빠져들었다.

얼마 후 눈을 뜬 가온은 상태창을 확인했고 신성력이라는 새로운 능력치가 생성된 사실을 알 수 있었다.

'신성력이 10이면 높은 건가?'

예지몽 속에서는 주위에 사제나 신관이 없었거니와 우연히 사냥에 동행했다고 해도 그런 쪽에 대한 정보를 물어볼 수가 없었다. 누가 가르쳐 주는 이도 없었고.

내친김에 중하급 성약까지 복용한 가온의 신성력은 단숨에 30이 되어 마력량과 비슷해졌다.

로그아웃을 하지 않게 되면서 매일 마력 서킷을 연공한 결과 현재 마력이 33이라는 점을 생각하면 낮은 수준은 아닌 것 같았다. 골드만 충분하다면 중급 이상의 것들도 구입해야할 것 같았다.

'아무래도 마나 영약과 마력 영약도 구입해야겠구나.'

이곳 마탑 지부에서 구입해서 당장 복용하고 싶었지만 그래도 혹시 볼코트 스승님을 통하면 더 저렴하게 구입할 수 있을 것 같아서 참기로 했다.

그렇게 생각을 정리한 가온은 바로 신성 치료 매직북부터 일독했다. 전혀 알지 못하는 글자들이지만 기묘하게도 글자에서 강한 신성력을 느낄 수 있었는데, 일독이 끝나자 그 글자들이 빛으로 변해서 몸 안으로 들어왔다.

'아! 이런 거구나!'

신성 마법의 원리는 알 수 없었지만 어떻게 펼치는지는 바로 알 수 있었다.

'역시 신성 마법이 위력도 강하고 사용하기에도 훨씬 편리하구나.'

간절한 의지로 구현할 수 있는 신성 마법인 홀리 큐어는 회당 신성력이 3이 소모되며 국지적인 외상을 치료할 수 있었다. 무기에 의한 자상과 타박상은 물론 중독에도 효과가 있어 효용성이 아주 높았다.

이번에는 정화 매직북을 펼쳤다. 정화의 경우 오염된 물을 깨끗하게 만드는 기본적인 효과 말고도 사기(邪氣)에 오염된 물건이나 대지를 정화할 때도 사용한다.

그렇지만 진짜 효과는 오염된 무기로 인한 파상풍과 같은 병을 예방할 수 있으며, 가벼운 저주를 해제할 수 있는 데에 있었다. 그래서 가온이 따로 익히려는 것이다.

'역시 익히길 잘했어.'

정화 역시 회당 신성력 소모량이 3이었다. 신성력 30이면 상당히 높은 수치인 모양이다.

사제가 아니라서 퀘스트를 통해서 신성력을 더 높일 방법이 없다는 점이 안타까웠지만, 곁가지로 익히는 점을 고려하면 나름 만족할 수 있었다.

늦게야 일을 마치고 돌아온 거메인 일행 때문에 늦은 저녁을 먹은 가온은 일행에게는 따로 볼일이 있다고 알리고는 적당한 곳에서 로그아웃을 했다.

캡슐에서 나와 간단히 몸을 씻은 가온은 바로 어나더 문두스에 접속해서 환전소부터 들렀다.

'많이 떨어졌네.'

오늘 환율은 1골드당 53만 원이었다. 아마 얼마 후에는 예지몽 대로 60만 원대로 고정될 것이다. 예지몽이 아니라도 짐작할 수 있을 만큼 골드의 수요는 계속해서 증가하고 있었다.

거메인에게 빌려준 골드와 그동안 쇼핑하느라 쓴 골드를 제외하더라도 500골드 이상이 있기 때문에 현실은 물론 이곳에서도 이젠 돈 걱정할 필요가 없을 것 같았다.

'이젠 정말 아무 걱정 없이 게임을 즐길 수 있겠네.'

그 정도면 부자들에게는 큰돈이 아니겠지만 학생인 가온에게는 아직 현실감이 없는 거액이다.

이제야 여유가 생긴 가온은 플레이어 전용 게시판 중 랭킹쪽을 확인했다.

'아직 내 레벨까지는 어림도 없지만 그래도 1위가 벌써 48까지 올랐네.'

세계 랭킹 1위부터 1만 위까지, 초랭커라고 부르는 랭커들은 불과 5레벨 차이밖에 나지 않아서 동순위가 엄청나게 많았다.

뿌듯했다. 솔직히 남들에게 자신이 세계 1위라는 사실을 알리고 싶은 마음이 굴뚝같았다.

'하지만 안 될 말.'

다른 이유도 있지만 곧 따라잡힐 것이다.

자신의 경우 첫 스타트를 너무 잘 끊었고 운도 좋아서 칭호의 효과를 톡톡히 보고 있었다.

'확실히 재능충들은 많아. 그래도 아직 내가 1등이다!'

기분이 좋기는 했지만 그렇다고 취할 정도는 아니었다.

어나더 문두스 홈페이지를 나온 가온은 이번에는 게임튜브로 들어갔다.

'오! 조회 수가 700만을 넘긴 동영상도 있네.'

지난번에 들어왔을 때는 구경하지 못한 동영상이라 플레이를 해 보니 예지몽 속에서 엄청나게 많이 들었던 가즈가드 길드가 오크 사냥을 하는 내용이었다.

'이게 1위라고? 이제 막 생기기 시작한 길드나 플레이어의 수준이 아직은 전체적으로는 낮구나.'

무위나 대규모 인원으로 오크를 압도해서 사냥하는 것도 아니고 소수를 유인해서 몰이사냥을 하는 내용이라 바로 흥미가 식었다.

다른 게시물도 살펴봤지만 딱히 흥미가 가는 건 없었다. 유료 게시물들도 마찬가지였다. 낚시성 내용을 포함하고 있는지 신고가 되어 더 이상 조회할 수 없는 것들이 태반이었다.

"저녁이나 먹자!"

혹시 몰라서 채미령에게 전화를 해 봤더니 마침 그녀도 식전이라고 해서 밖에서 먹기로 했다.

오늘따라 순댓국이 당겼는데 털털한 식성을 가진 채미령도 흔쾌히 그 메뉴를 받아들였다.

"아그레브에서 플레이하는 지인으로부터 온 일행이 아그레브에 도착했다는 사실을 확인했습니다."

"아! 정말 왔군요! 호호호!"

반가운 건 알겠는데 왜 웃는지 모르겠다.

"호호호. 가온 씨와 현지인의 이름이 동일하다는 것이 굉장히 신기해서요."

그럴 수도 있었다. 아마 정체를 밝히면 더욱 놀랄 것이다.

그때까지는 자신을 철저히 숨겨야 했다. 그래야 더욱 놀랄 테니 말이다.

"네. 굳이 따로 만날 필요가 없으니 그쪽은 모레 동문 앞에서 기다릴 겁니다."

"드디어!"

채미령은 오랜만에 어나더 문두스에 접속할 생각에 흥분했는지 숟가락을 붕붕 휘두르며 기뻐했다.

"그런데 일정을 좀 바꾼다고 합니다."

"일정을요?"

"네. 온이 그쪽에 아는 모험가들로부터 은밀하게 수집한 정보인데, 하루 거리에 사령술사의 던전이 있는 것 같다고 합니다."

"던전! 정말이에요?"

출시한 지 얼마 되지 않아서 던전이 있을 거란 얘기는 널리 알려져 있었지만, 아직 던전에 대해서 알려진 바는 없었다.

"던전일 가능성이 굉장히 높다고 들었습니다."

그동안 알게 된 퍼슨의 성정을 생각하면 던전일 가능성이 높지 않으면 그렇게까지 장담하지 않을 것이다.

"그럼 매디가 무척 좋아하겠네요."

"맞습니다. 사제이니 레벨 업을 할 좋은 기회가 될 겁니다. 그런데 미령 씨도 준비를 좀 해야 할 텐데요."

"무슨 준비요?"

"언데드에게 통할 수 있는 스킬 같은 거요."

"그거라면 '상태 회복'이라는 이름의 마법을 익히고 있는데 도움이 될까요?"

"자세한 내용이 어떻게 됩니까?"

"경매에 올라온 매직북을 통해 배우긴 했지만 모든 종류의 상태 이상에 대한 면역 증가 및 상태 회복이라는 효과만 알고 있어요."

아무래도 힐러의 궁극기인 부활의 열화판 중에서도 가장 낮은 마법인 것 같은데, 설명만 보면 충분히 도움이 될 것 같았다. 물론 버프만 해도 충분히 도움은 되었다.

"도움이 될 것 같네요. 그런데 꽤 비쌌을 것 같은데요."

자신도 마법을 익혔지만 그런 매직북은 본 적이 없었다.

"호호호. 질렀죠. 얼마 전에 하도 심심해서 플레이어들이 거의 없는 시간에 접속해서 마탑에 들렀는데, 막 입고가 되었다고 하더라고요."

"가격이 얼마나 됩니까?"

"성장형이라서 그런지 꽤 비쌌어요. 170골드나 하더라고요."

입이 떡 벌어졌다. 아무리 매직북이 비싸긴 하지만 그 정도로 비쌀 줄이야.

돈을 버는 것도 아니면서 단번에 170골드를 쓸 수 있다는 말에 소지금이 500골드가 넘는다는 사실을 확인하고 들뜬 기분이 아직도 가라앉지 않은 가온에게도 충격적이었다.

'진짜 금수저였구나!'

자신의 경우에는 예지몽 덕분에 생각지도 않았던 거금을 벌어서 오피스텔을 구입했지만, 채미령은 부모가 사 준 모양이다.

뭐 그렇다고 해도 그녀에게 별로 꿀리는 감정은 들지 않았다.

이젠 자신도 부자이니 말이다. 자신의 기준에서였지만.

"잘 키워 보십시오. 쓸 만할 것 같네요."

"그렇죠? 그래서 질렀어요."

그랬을 것이다. 예지몽 속에서는 들어 본 적이 없었다. 당연히 귀한 매직북일 것이다.

그렇게 얘기를 나누며 식사를 마친 두 사람은 아쉬운 마음을 접고 일찍 헤어졌다. 내일은 새벽에 기상해야만 했던 것이다.

하루를 더 아그레브에서 지내면서 만반의 여행 준비를 마친 가온 일행은 다음 날 새벽 일찍 여관을 나섰다.

"갑시다!"

다른 말이 필요 없었다.

가온 일행은 빠른 걸음으로 새벽의 어둠을 헤치고 동문으로 향했다.

성문 앞에는 묘령의 여인 둘이 기다리고 있었는데 헤븐힐의 경우 금방 알아볼 수 있었다.

'정말 현실하고 똑같구나.'

헤븐힐은 찰랑거리는 긴 생머리와 호수와 같은 크고 맑은 눈, 왼쪽 덧니, 오른쪽 볼에 항상 있는 작은 보조개 그리고 이슬처럼 청초한 분위기를 가진 눈에 띄는 미인이었다.

일행은 헤븐힐의 모습에 눈을 떼지 못했지만 가온의 눈은 그 옆에 있는 여인에게 고정되었다.

'전직한 사제라서 그런지 확실히 다르네.'

사제복을 입고 있어서 그런지 성결함을 후광처럼 두르고

있어 제대로 보기는 힘들었지만 그녀 역시 굉장한 미인이 었다.

키가 다소 작고 몸매나 얼굴은 좀 동글동글했지만 부드럽고 호를 그린 반달형의 눈이나 입매가 무척 선해 보여서 마음을 편안하게 만들어 주었다.

가온은 마침 이쪽을 쳐다보는 두 사람을 향해 접근했다.

"혹시 헤븐힐 씨십니까?"

"네. 제가 헤븐힐이에요. 그럼 온 님?"

"온 훈이라고 합니다. 친구에게 말은 많이 들었습니다. 만나서 반갑습니다."

"저도 말씀 많이 들었어요. 제 의뢰를 들어주셔서 감사해요."

혹시 자신을 알아보지 않을까 생각했는데 헤븐힐은 전혀 알아차리지 못했다.

'하긴 금발이나 금안도 그렇지만 나이가 들어 보이도록 외모 보정을 했으니…….'

"별말씀을요."

원래 가온이 이쯤 해서 자신의 정체를 밝힐 생각이었지만 일행도 자신이 이계인이라는 사실을 모르는 데다 채미령까지 자신을 전혀 알아보지 못하자 재미있다는 생각이 들어서 그녀가 알아차릴 때까지 숨겨 보기로 했다.

"여기는 저와 같은 조건으로 랑트행을 백한 매디라고 해요. 같은 이계인이에요."

매디는 낯을 좀 가리는 타입인지 수줍게 웃으며 가온 일행의 눈치를 살피고 있었다.

"만나서 반갑습니다. 온 훈이라고 합니다."

"매디라고 해요. 직업은 사제고요. 헤븐힐 언니한테 말씀 많이 들었어요."

"안 좋은 말이 아니었으면 좋겠네요. 당분간 함께할 동료들을 소개하겠습니다."

가온은 양쪽을 차례로 소개했고 이미 양쪽 다 상대 쪽의 정보를 어느 정도는 알고 있기에 어색함은 그리 심하지 않았다.

"그럼 바로 사령술사의 던전으로 가는 거예요?"

"쉿! 이제부터 의논할 생각입니다."

경비병이 들을까 봐 두 사람을 조용히 시킨 가온은 이제야 모르고 있던 나머지 사람들에게 사령술사의 던전에 대한 이야기를 해 주었다.

"던전이 확실한 것은 아닙니다. 다만 이곳까지 왔고 말을 타면 하루 거리라고 해서 확인했으면 합니다."

"던전이라니, 한번 가 보고 싶어요."

가장 먼저 마법사인 타이린이 열기 어린 눈이 되어 말했다.

"거메인 씨는 어떻게 하겠습니까?"

스톤이야 이미 퍼슨이 말을 해 두었기에 거메인의 의사가 제일 중요했다.

"좀 뜬금없기는 한데 저야 온 님께 묻어가는 사람이니, 온 님이 원하시는 대로 따르겠습니다."

굳이 위험한 장소를 갈 필요는 없었지만 자신 일행만으로는 랑트로 안전하게 복귀할 수 없으니 그로서는 선택의 여지가 없었다.

그래도 걱정이 되는지 얼굴이 굳어 있었다.

"아까 소개한 대로 헤븐힐 님은 버퍼이자 힐러이고 매디 님은 사제이니, 사령술사의 던전이 확실하다고 해도 그렇게 걱정할 필요는 없습니다. 준비도 철저히 했고 위험하다 싶으면 공략하지 않고 나올 생각입니다."

거메인은 그제야 굳었던 얼굴을 풀고 고개를 끄덕였다.

그렇게 가온은 두 번째 던전을 찾아 모험을 떠났다.

던전으로 가는 길

　일행은 길도 없는 초지와 숲 그리고 습지를 힘겹게 이동
했다.

　처음에는 이런저런 대화를 나누며 소풍 나가듯 가벼웠던
분위기는 갈수록 무거워졌고 대화는 끊겼다.

　"쳇! 너무 실감나게 만들었잖아!"

　"뭐가 말이에요, 언니?"

　가온이 내준 예비 마 한 마리에 같이 탄 헤븐힐이 투덜대
자 그녀의 뒤에 앉아 있던 매디도 심심했는지 관심을 주
었다.

　"아무리 생각해도 이건 게임이 아니야."

　말을 탔지만 길게 자란 풀들을 헤치고 걷는 것은 쉽지 않

았다. 풀 속에서 온갖 벌레들이 튀어나왔고, 햇살은 얼마나 강렬한지 얼굴이 익을 것 같았다.

"그렇죠. 다들 그렇게 말들을 하고 저 역시 그렇게 생각해요. 그 점 때문에 지금 이 순간에도 플레이어들이 폭발적으로 증가하고 있잖아요."

"그건 좋은데 이 벌레들이나 피부를 태워 버릴 것같이 작렬하는 햇빛은 아닌 것 같아."

"할 수 없지요. 하나를 얻으려면 하나는 포기할 마음 정도는 가져야 하잖아요."

"이익! 그래서가 아니라 저기 온 님을 좀 봐!"

"온 님이 왜요?"

"땀 한 방울 안 흘리잖아."

그러고 보니 다른 이들과 달리 가온의 얼굴은 편안해 보였다. 그는 기이한 형태의 투구를 쓰고 있기는 했지만 햇빛을 가릴 정도는 아니었다. 그리고 낯빛이 변한 것도 아니고 땀도 전혀 흘리지 않고 있었다.

정말 이상하다 싶어서 다른 사람들, 즉 이 세상 사람들을 살펴보니 다들 힘들어하는 기색이 역력했다. 얼굴이 땀범벅이 되어 있었고, 가죽 방어구도 푹 젖을 정도였다. 낯빛은 열기 때문에 붉게 상기되어 있었다.

헤븐힐은 그냥 투덜거리고 말았지만 매디는 낯을 많이 가리기는 하지만 궁금하면 못 참는 성격이었다.

예지몽으로
히든랭커

결국 그녀는 헤븐힐로 하여금 말을 재촉하게 해서 앞서 가는 가온을 따라잡았다.

"온 님."

"네, 말씀하십시오."

"안 더우세요?"

"당연히 덥지요."

이곳은 지구로 치면 태국 정도의 위도에 해당하기 때문에 해가 떠 있을 때는 기온이 상당히 높은 편이다.

"그런데 왜 제 눈에는 하나도 안 더워 보이는 거죠?"

"맞아! 너무 불공평해요. 우리는 이렇게 힘든데 온 님은 하나도 안 힘들어 보인다고요."

정말 그렇게 생각하는지 헤븐힐이 약간 불퉁한 얼굴로 말했다.

"그러고 보니 온 님은 낯빛도 전혀 안 변했는데⋯⋯."

이제야 다른 일행도 이상한 점을 알아챈 모양이다. 자신들은 열기 때문에 얼굴이 벌겋게 달아올라 있었는데, 가온의 얼굴은 아침 그대로였다.

"그건 아이템 덕분이지요."

"무슨 아이템요?"

"이 방어구에는 항온과 항습 기능이 있거든요."

사실 아울베어 방어구 세트는 무게 감소 마법을 제외하면 방어력이 엄청나게 높다는 장점밖에 없다. 항온과 항습 기능은 피부를 덮고 있는 파르 덕분이다.

하지만 일행에게 보여 줄 수 있는 아이템이 아니다 보니 어쩔 수 없이 이렇게 말하는 것이다.

"아!"

"그게 무슨?"

가온의 기존 일행은 탄성을 지를 뿐이었지만 헤븐힐과 매디는 입이 떡 벌어졌다.

"그, 그럼 그 방어구가 레어, 희귀 등급 이상이라는 건가요?"

잠수한 동안 두 사람은 심심할 때마다 경매장을 들락거렸다. 혹시 자신에게 필요한 물건이 나오면 바로 살 생각으로 말이다.

그러는 가운데 자연스럽게 알게 된 사실이 있는데 경매장에서 가장 인기가 높은 고급 등급의 경우에도 방어구나 무기에 추가 기능이 붙어 있지 않다는 것이다. 즉, 희귀 등급은 되어야 추가 가능이 붙는 것이다.

"굳이 등급까지는 확인해 보지 않았지만 그 정도는 될 겁니다."

"……."

할 말이 없었다. 얼마 전에 희귀 등급의 무구 세 점이 경매장에 올라와서 골드 가치가 폭등했던 일을 생각하면 희귀 등급의 방어구가 얼마나 큰 가치가 있는지 알 수 있었다.

아니, 희귀 등급 방어구면 돈이 있다고 해도 살 수가 없었다. 급하게 돈이 필요한 경우가 아니라면 대부분의 플레이어들은 자신이 직접 사용하려고 할 테니 말이다.

"온 님, 혹시 다이아몬드 수저예요?"

"그건 또 무슨 소립니까?"

금 수저는 들어 봤어도 다이아몬드 수저라는 말은 처음 듣는다.

"귀족가나 거대 상단 출신이 아니냐는 말이에요. 금 수저나 다이아몬드 수저는 태생이 부유한 이들을 일컫는 지구의 용어거든요. 이곳 분들도 항온이나 항습 기능을 가진 방어구를 입은 경우는 거의 없다고 들었어요. 나이가 젊어 보이시니 어디서 얻은 것 같지는 않고 그럼 돈이 많다는 거 아닌가요?"

물어본 헤븐힐이 아니라 매디가 대신 설명하면서 물었다.

"아닙니다. 역시 이계인들은 온, 그 친구처럼 이상한 말을 많이 쓰는군요. 수저가 뭘 뜻하는지는 모르겠지만 귀족가나 거대 상단 출신이라면 이렇게 돌아다니지도 않았겠지요. 이 아이템은 모험을 하던 중에 획득한 겁니다. 그러니 그쪽 용어로 치면 흙 수저라고 할까요."

말장난이지만 진심이었다.

"모험가가 희귀 템까지 착용하다니 참 대단해요. 그런데 온 님, 그 검은색 검도 보통 아이템이 아닌 것 같네요."

헤븐힐의 예리한 눈길이 검대에 꽂힌 흑검에 닿았다.

"희귀 템이라, 희귀 아이템을 줄인 말이군요. 그건 아니고 그냥 단단하고 날카로운 검입니다."

흑검의 등급을 알게 되면 아무래도 큰 소란이 날 것 같아서 그렇게 말했다.

"그런 아이템을 획득하셨다니 실력은 믿을 수 있을 것 같네요. 다행이에요."

"하긴 그렇긴 하네."

헤븐힐과 매디는 가온이 착용하고 있는 방어구나 무기를 토대로 그의 실력을 추측했는데, 얘기를 듣던 기존 일행은 그녀들이 마법사와 신관답게 머리가 참 좋다고 생각했다. 그들은 그동안 눈으로 보면서도 전혀 그런 점을 인지하지 못했었다.

'이계인들의 말대로 온 님은 단순한 사냥꾼이 아닐 가능성이 높구나.'

이제야 가온이 달리 보였다.

"사령술사의 던전을 간다기에 호기심에 따르기로 했지만 사실 좀 불안했는데, 그러지 않아도 될 것 같아요."

아이템 때문에 시작된 대화는 그렇게 일행의 가온에 대한 인식을 바꾸는 계기가 되었다.

정오 무렵에 도착한 곳은 초지 한가운데 홀로 서 있는 거

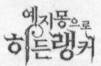

대한 나무 밑이었다.

밑동이 거의 열 아름은 될 것 같은 거대한 나무는 어지간한 나무 두께에 해당하는 가지들과 넓은 잎이 무성해서 그늘은 넓었고 제법 시원해서 일행은 이곳에서 점심을 먹고 잠시 쉬기로 했다.

점심을 잘 안 먹는 탄 대륙 사람들을 생각해서 여관에서 주문한 빵과 과일로 식사를 했다.

바람이 약하기는 했지만 건조한 날씨라서 그늘 아래는 시원했고, 배까지 차자 포만감과 함께 기분 좋은 나른함에 사람들이 졸기 시작했다.

'1시간 정도 낮잠을 자게 하는 게 낫겠네.'

가온이 그렇게 생각하고 입을 열려고 할 때였다.

자신들이 온 방향에서 먼지구름이 일기 시작했다.

"뭐지?"

스톤이 벌떡 일어나서 눈매를 좁혀 그쪽에 집중했다.

가온 역시 그쪽에 시선을 두고 안력을 높였다.

'기마대? 웬 기마대지? 저 두 사람과 관련이 있는 건가?'

아무래도 불안한 생각이 들었다. 헤븐힐과 매디를 동료로 영입하려는 플레이어들이 아주 극성이라는 소리를 들은 것이 기억난 것이다.

스톤이 조금 후에 일단의 기마대라는 사실을 전하자 거메인의 눈썹이 꿈틀하며 얼굴이 일그러졌다.

"스톤, 퍼슨, 패터, 샘슨, 타이린, 거메인 씨와 함께 나무 위로 올라가요! 헤븐힐, 매디, 두 사람도 같이 움직여요!"

가온이 지시를 내리자 사람들은 서로 도와 가면서 재빨리 나무 위로 올라갔다. 그리고 스톤과 퍼슨 그리고 패터는 아래쪽에서 잘 보이지 않는 곳을 찾아서 자리를 잡고는 활과 석궁을 꺼내 화살과 볼트를 쏠 준비를 갖추었다.

나무 아래에는 가온과 타람 그리고 로에니가 자리를 잡고 다가오는 이들을 기다렸다.

그런데 뜻밖에도 거메인과 샘슨이 나무 위로 올라가지 않았다.

"거메인 씨?"

"아무래도 저한테 볼일이 있는 자들 같습니다."

"거메인 씨에게요?"

"네."

그러는 사이에 어느새 자욱한 흙먼지와 함께 정체불명의 기마대가 도착했다.

"워! 워!"

나타난 자들은 모두 열 명으로 모두 비슷한 복장을 하고 있었다.

'기사인가?'

겉에 걸친 외투는 햇빛과 열기를 막는 역할을 하는 서코트로 보였고 안에는 사슬 갑옷, 즉 체인 메일을 입고 있었다.

플레이트 아머는 아니지만 이 역시 기사들의 전형적인 복장이었다.

그때 타람의 눈이 아주 매서워지더니 가온에게 낮게 속삭였다.

"붉은갈기 기마대입니다."

"더 자세히 설명해 주십시오."

"아그레브 자작의 장자인 소체른이 개인적으로 양성한 기마대로 전원이 기사급 실력을 가졌지만, 망나니로 소문난 소체른을 추종하는 만큼 질이 안 좋은 자들로 구성되었다는 평판이 있습니다."

현지인들의 사정은 알고 싶지도 않고 관심도 없어, 처음 듣는 얘기였다. 정식 기사도 아닌 자들이 기사 복장을 한 것을 보면 어쨌거나 소체른이라는 자가 굉장히 신임하는 것 같았다.

그때 여전히 말을 타고 있는 상태에서 한 사내가 4미터 앞까지 접근했다.

그는 투구를 깊이 눌러쓰고 있어서 두 눈만 보였는데 실핏줄이 터진 것처럼 유난히 흰자위가 붉었다.

"누구냐?"

"상인과 용병 따위가 감히 누구 앞에서 함부로 입을 놀리느냐?"

가온의 물음에 상대는 안하무인의 태도로 소리를 높였다.

"네가 누군데?"

"자작령에서 우리를 몰라보다니 수상한 놈들이군. 젊은 것을 보니 네가 거메인은 아닐 테고 거메인은 당장 앞으로 나서라!"

"나를 왜 찾습니까?"

거메인이 샘슨의 호위를 받으며 앞으로 나서며 물었다.

"네가 거메인이라는 상인이군. 왜긴. 트롤 피를 팔아서 한 몫 단단히 챙겼다면서. 그럼 자작령의 주인인 소테른 님에게 이득을 바쳐야지. 감히 도망을 쳐!"

세금을 바치라고 했다면 납득을 했을 것이다. 어쨌거나 비공개로 경매를 열어서 판매 수익을 온전히 챙긴 거니까.

하지만 상대의 말을 들어 보니 그런 것이 아니었다. 그저 자작성에 와서 큰돈을 벌었으니 알아서 바치라는 식의 막무가내에 불과했다.

"하아! 이건 완전히 날강도네."

가온은 하도 황당해서 한숨까지 내쉬었다. 자작의 장자가 이끄는 기마대라고 해서 무슨 중요한 일이라도 있나 했더니 이건 도적놈에 다름없었다.

"이런 사실을 자작 각하가 알고 있나?"

"자작 각하가 굳이 아실 만한 일이 아니다. 그분이야 중한 병에 걸려 있으니 아그레브성의 진정한 주인은 소체른 님이시고 그분의 말씀이 바로 내 말이다!"

현 아그레브 자작이 와병 중이라는 이야기는 들었다. 이런 상황이니 장자가 실권을 쥐고 흔드는 것 같은데, 예지몽 속에서는 꽤 오래 게임을 했지만 현지인 귀족이 이런 식으로 강도질을 하는 건 들어 보질 못했다.

이 세상의 귀족은 뿌리 깊은 선민의식을 가진 것은 물론이고 명예를 무척 중요시하기 때문에 정상적이라면 곧 자작 위를 물려받을 대공자는 절대로 이런 치졸한 짓은 하지 않는다.

물론 명예를 모르는 귀족들이 없는 것은 아니지만 곧 작위를 물려받을 자작가의 장자에게 1천 골드 정도는 돈이 아니다.

그렇다는 건 소체른은 핑계이고 이놈들이 개인적으로 욕심이 나서 강도질을 하려고 나선 것일 가능성이 아주 높았다.

물론 소체른이라는 놈이 망나니라고 했으니 직접 시켰을 가능성도 무시할 수 없지만 말이다.

'아주 죽여 달라고 떼를 쓰는군.'

가온은 도저히 화를 억누를 수가 없었다. 이들은 마수나 몬스터에 다름없는 쓰레기 같은 자들이다.

"우리가 싫다면 어쩌겠나?"

가온이 살기를 뿜어내며 물었다.

"흐흐흐. 어쩌긴. 다 죽여 떠들 입을 없애면 그만이지. 목격자도 없으니 편하지."

그 말은 앞으로 나선 놈의 바로 뒤편에 있는 자의 입에서 나왔다. 다른 놈들과 구별되는 질 좋은 체인 메일과 서코트를 입고 있는 것으로 봐서 놈이 이 기마대의 수장으로 보였다.

창! 창! 창!

말을 타고 있던 자들이 일제히 검을 빼 들었다.

"애초에 이럴 셈이었구나!"

"알려진 대로 랑트 쪽으로 갔으면 다 죽일 생각까지는 없었는데 경로를 바꾸는 바람에 헛걸음을 하게 만든 대가라고 생각해라!"

자신들을 쫓아오다가 허탕을 쳤던 모양인데 참으로 황당한 자들이다.

'확실히 이런 것을 보면 다른 가상현실 게임처럼 NPC는 아니야.'

이런 자들이 존재하는 것을 보면 그냥 다른 차원이라고 생각하는 게 맞을 것 같았다.

"쳐라!"

수장의 명령이 떨어지기 전 가온이 눈짓으로 내린 명령에 따라 거메인이 샘슨의 보호를 받으며 나무 쪽으로 달려갔고, 방패를 왼손에 착용한 타람과 로에니가 그 앞을 막았다.

말, 특히 전투마의 가속도는 엄청나. 그래서 기마대는

보병의 대열을 순식간에 무너뜨릴 수 있는 것이다.

하지만 지금은 그런 이점을 얻기가 힘들었다. 일단 거리가 가까웠다.

그래서 기마대는 높이의 이점을 이용해서 가온 일행을 해치우려는 듯 투레질을 하는 말들의 엉덩이를 채찍으로 치려고 했다.

그때 나뭇가지 사이로 화살과 볼트가 날아갔다. 투구를 깊이 눌러썼기 때문에 시야가 좁아져 있는 상대 기수들이 그것들을 발견했을 때는 이미 늦었다.

푹! 푹! 푹!

"악!"

이제 패터의 석궁 실력도 높아져서 하나같이 체인 메일과 서코트가 가리지 못하는 기수들의 얼굴이며 목덜미에 꽂혔다.

순식간에 세 명이 외마디 비명과 함께 말에서 떨어져 버렸다. 달리던 중이 아니었기에 치명상이 아니면 죽을 정도는 아니었다.

상황이 이렇게 되자 나머지 기수들은 검을 빠르게 휘둘러 화살과 볼트를 쳐 내기 바빴다.

'실력은 있는 놈들이군.'

화살과 볼트를 쳐 내는 검이 희미하게 빛나는 것을 보면 검광을 발출하기 바로 직전의 실력을 가지고 있었다.

가온은 기수의 명령이 떨어지기가 무섭게 아공간 주머니에서 트라이던트 한 자루를 꺼냈는데, 그들의 주의가 화살과 볼트에 쏠려 있자 온 힘을 다해 던졌다.

목표는 자신에게 협박을 한 놈이었다.

깡!

트라이던트는 아쉽게도 놈이 휘두른 검에 부딪혀 튕겨 나갔지만 그 충격에 놈은 말 위에서 휘청거렸다. 운 좋게 트라이던트를 막아 내긴 했지만, 실린 힘이 워낙 강해 손목은 물론 온몸에 큰 충격이 전해졌을 것이다.

그런 놈을 처리하는 건 여반장에 불과했다. 점핑 플라잉 스킬을 응용해서 앞으로 뛰어오른 가온의 흑검은 체인 메일과 투구 사이를 뱀의 혀처럼 파고들었다.

흑검은 바스타드소드로 원래 전신 아머를 갖춰 입은 기사를 상대하기 위해서 끝부분으로 갈수록 좁아져서 효과적인 찌르기 공격까지 가능하도록 고안되었다.

푹!

급소를 찔렀으니 굳이 깊게 더 넣을 필요는 없었다. 검 때문에 내려앉는 몸을 한 발로 허공을 박차며 다시 도약한 가온은 말 머리를 차고 뒤로 날아갔다.

당당히 금화를 요구한 강도의 바로 뒤에 위치하고 있어서 나무 위에서나 가온의 시선에서 벗어나 있던 강도들의 수장은 허공에 느닷없이 나타난 가온의 모습에 혼비백산했다.

"흐극!"

헛바람을 토하며 급하게 마나를 주입한 검을 찔러 왔지만 허공에서 한 번 더 움직인 가온의 흑검이 더 빨랐다.

푹!

체인 메일과 서코트 그리고 투구로 기사 행세를 하고 있지만 기량은 그에 못 미쳤다. 아무리 생각지 못한 공격이라도, 제대로 된 기사였다면 동물적인 반사 신경으로 흑검을 쳐 내든지 몸을 옆이나 뒤로 눕혔을 것이다.

그렇게 두 놈을 간단히 해치운 가온이 다른 상대를 찾으려고 했는데, 더 이상 말을 타고 있는 자는 보이지 않았다. 그 사이에 다른 동료들이 화살과 볼트 그리고 마법으로 나머지 놈들을 공격한 것이다.

여전히 말을 타고 있던 놈 중 하나는 파이어 볼이 통구이로 만들어 버렸고, 나머지 한 놈은 타람과 로에니의 합격에 죽었다.

가온과 타람 남매는 즉사하지 않는 자들의 숨통을 일일이 끊었다. 놈들은 필사적으로 도망치려고 했지만 낙마와 화살에 부상을 입었기에 세 사람의 냉정한 손길을 피할 수 없었다.

"상대를 죽이려 했으니 지옥에 가도 할 말은 없을 터, 너희들이 남긴 것은 잘 사용해 주마."

이 탄 대륙의 법이 그랬다. 법을 어기고 남을 해치려는 자는 발각될 경우 전 재산을 상대에게 바쳐야만 했다.

뭐 그게 아니더라도 자신들의 말처럼 본 사람이 아무도 없으니 이쪽에서만 말이 새어 나가지 않으면 아무도 이들이 이곳에서 강도질을 하다가 죽은 사실을 모를 것이다.

가온은 첫 살인임에도 별 감흥이 없었다. 상대를 NPC라고 생각해서가 아니라 이미 예지몽에서 살인에 대한 경험이 있기도 했고, 이런 자들을 죽였다고 정신적인 충격을 받을 정도로 약하지도 않았다.

가온 일행은 전리품을 확실하게 챙겼다. 살인자들의 물건이라고 해서 기분 나쁘다거나 불쾌해할 일이 아니었다.

일단 말은 주인과 함께 불에 휩싸였던 한 마리를 빼고는 멀쩡했다. 그만큼 궁사들의 기량이 출중했고 말들이 최소한의 마구를 착용하고 있었기 때문이다.

말들을 확인한 거메인과 퍼슨의 얼굴이 환해졌다.

"굉장히 좋은 전투마입니다. 무엇보다 아직 낙인을 찍지 않은 상태라 우리가 타도 될 것 같습니다."

"나이도 두세 살에 불과해서 힘이 좋고 화살과 마법이 날아오는데도 도망치지 않은 것을 보면 이제 막 훈련을 마친 전투마로 보입니다."

제대로 훈련받은 전투마와 보통 말의 가격 차이는 거의 열 배에 달할 정도로 크다. 물론 용병이나 상인이 타는 일반 마와 노역마도 서너 배가량 가격 차이가 난다.

그도 그럴 것이 전투마와 달리 훈련받지 않은 보통 말은 기수가 아무리 채찍을 휘둘러도 여간해서는 고블린이나 오크 같은 몬스터나 마수를 향해서 돌진하지 못한다. 그만큼 말은 겁이 많은 동물이었다.

심한 화상을 입은 한 마리는 너무 고통스러워하기에 퍼슨이 숨통을 끊어 주려고 했는데, 헤븐힐과 매디가 나서서 치료 마법을 집중해서 펼쳤다.

같은 치료 마법이라도 사제의 홀리 큐어는 더욱 효과적이었고 포션까지 먹여서 그런지 심한 화상을 입은 전투마를 기어코 치료해 냈다.

가온은 무리의 리더로 전리품을 분배해야 했는데, 다들 전투마만 받고 놈들의 다른 소지품은 안 받겠다고 했다. 전투마는 그 정도로 가치가 높았다.

헤븐힐과 매디는 한 일이 크지 않아서 받기를 거부했고 나머지 사람들은 혹시 사용하다가 다른 사람들 눈에 띌 염려가 있어서 거절했다.

맞는 소리이긴 했다. 소테른 공자가 시킨 것이든 아니든 뒷배가 막강한 만큼 조심해야만 했다.

그래도 안심할 수 있는 여지는 충분했다.

"그자들이 성문을 나올 때 경비병들에게 물었다면 우리가 움직인 방향을 알았을 거예요. 그자들은 강도질을 하려고 확인하지 않고 랑트 쪽으로 향했다가 우리가 보이지 않자 방향을 틀었을 테니 누구도 우리를 의심하지 않을 거고요. 나중에 전투마만 제대로 처리하면 돼요."

매디의 추측에 사람들도 일리가 있다고 생각했는지 다들 안심했다.

꼭 전투마가 아니더라도 말은 많을수록 좋았다. 타고 있던 말이 지치면 갈아타는 방식으로 이동속도를 높일 수 있었다.

무엇보다 이번에 얻게 된 말들은 잘 훈련된 전투마로 사냥에 큰 도움이 될 것이다.

사람들이 자신이 탈 말들을 고르며 시끌벅적하게 떠들 때 가온은 사체를 아공간에 집어넣기 시작했다.

근처에 깊은 구덩이를 파서 묻어 버리는 방법도 있지만 혹시 몰라서 나중에 처리를 하려는 것이다.

그러다 보니 자연스럽게 아그레브에서 처리하지 못한 일이 떠올랐다.

'그러고 보니 그때 블랙팬서에게 습격당한 자들의 사체와 물건도 처리하지 못했네.'

가온은 퍼슨에게 눈짓을 해서 좀 떨어진 곳으로 향했다.

"출발 준비를 하느라고 잊고 있었는데, 제가 부탁한 건 알아보셨습니까?"

어젯밤에 대답을 들었어야 했는데 수련을 마치고 나니 시간이 너무 늦어서 물어보지 못했다.

"네. 소로본이라는 상인이 이계인들에게 팔겠다고 무기를 구하러 장인 도시로 알려진 메탈시티로 떠난 것 외엔 두드러지는 상단의 움직임은 없었습니다."

"그렇군요."

"아! 그러고 보니 소로본이 평소에 교분이 깊은 붉은갈기 기마대원 일부와 동행했다는 것 같습니다. 그자가 소체른 공자의 비호를 받아서 상계에 영향력을 강화하고 있다는 소문도 있더군요."

그 얘기를 듣자 소로본 일행에게서 얻은 전리품을 어떤 방식이든 돌려주려고 했던 생각이 싹 가셔 버렸다.

망나니로 소문난 소체른 공자나 강도질이나 하는 놈들과 깊은 관련이 있는 상인이라면 그 물건들의 출처도 정상적이지 않을 가능성도 높았다.

"그런데 아그레브에 거점을 둔 상단의 외부 출행에 대한 건 왜 파악하라고 하신 겁니까? 혹시 활동 거점을 아그레브로 옮기실 작정입니까?"

블랙팬서의 기습으로 죽은 사람들에 대해서 알아보려고 일부러 두루뭉술하게 부탁을 했더니 아무래도 오해를 했나 보다.

"그런 건 아닙니다. 랑트는 몰라도 아그레브 정도면 외부로의 상행이 많이 활성화되지 않을까 하는 생각에서 대충 알아봐 달라고 부탁드린 겁니다. 상행이 활성화되면 던전을 찾아 나설 생각이거든요."

"사냥이 아니라 던전을 찾겠다고요?"

"앞으로 그렇게 활동할 생각입니다."

가온의 대답에 퍼슨의 얼굴 변화가 묘했다. 처음에는 반색을 했지만, 이내 다시 굳었던 것이다.

"유적 던전이나 마법사의 던전을 찾는 겁니까?"

"그런 던전들도 좋지만, 저는 실력을 높이는 것이 목표이기 때문에 자연 던전을 선호합니다."

"아! 역시 그러실 줄 알았습니다."

뭘 그럴 줄 알았다는 건지는 모르겠지만 일단 고개를 끄덕여 주었다.

"그럼 제가 일을 좀 크게 벌여도 되겠습니까?"

"어떻게 말입니까?"

"자연 던전은 모험가들이 기피하기 때문에 발견해도 길드에 보고조차 하지 않는 경우도 많습니다. 그래서 정보 수집에 필요한 자금만 충분히 지원해 주신다면 비교적 쉽게 찾을 수 있을 겁니다."

이곳 사람들은 클리어를 해 봐야 보물은 없고 아이템 몇 개가 고작인 자연 던전을 기피한다. 그나마 마수나 몬스터가 나올 수 있기에 나라나 영지 차원에서 주기적으로 클리어하는 것이 고작이다.

"정말입니까?"

퍼슨의 말이 사실이라면 자신의 입장에서는 그야말로 대박이다.

자신은 보물이나 아이템을 위해서 던전을 찾는 것이 아니다.

자신의 실력을 가장 빨리, 그리고 쉽게 올릴 수 있는 장소가 바로 던전이기 때문에 찾으려는 것이다.

"그렇습니다. 일단 제가 모험가로 활동하면서 쌓은 인맥을 총동원해서 자연 던전에 대한 소문부터 모아 보겠습니다."

"소문을 수집한다고요?"

"네. 모든 지부는 아니지만 어지간한 지부에는 함께 모험한 믿을 만한 동료들이 활동하고 있습니다. 그들에게 그 일부터 의뢰를 하겠습니다."

이렇게 되면 던전을 찾는 일이 아주 쉬워지기 때문에 가온에게는 반가울 수밖에 없었다.

하지만 당장 생각나는 문제점도 있었다.

"마탑 지부를 통하면 보안에 문제가 있지 않을까요?"

플레이어들을 대상으로 쌍방 통신이 가능한 매직 아이템이 곧 시판될 예정이지만 굉장히 고가이고 수량도 극히 적어서 구하기가 힘들다.

그래서 마탑 지부의 마법 전문을 사용해야 하는데 그 과정에서 정보가 샐 수 있었다.

"모험가 길드도 마탑처럼 마법 전문을 주고받을 수 있으니 가능합니다. 저와 지인들만 쓰는 암호가 있으니 그것을 이용하면 정보가 샐 염려도 극히 적습니다."

그런 거라면 정보 누출 문제는 걱정하지 않아도 된다.

"물론 소문을 수집하는 과정에서 술값이나 식사비 정도는 필요하고 가능성이 높은 던전 정보를 보내오는 경우 보상을 해 주어야만 합니다. 그 일을 전담할 사람이 한 명 필요하지만요."

"얼마든지 청구하십시오."

그 정도는 감당할 수 있었다.

"생각보다 자금이 많이 필요할 겁니다. 그리고 가능성이 있다고 판단하더라도 던전을 발견할 가능성은 1할에도 못 미칩니다."

"자금이 어느 정도 필요합니까?"

"최소한 3천 골드는 필요합니다."

3천 골드라면 무척 큰돈이기는 하지만 여태까지 해 온 것을 생각하면 마련하지 못할 자금도 아니다.

"한 번에 다 필요한 겁니까?"

만약 그렇다면 포기해야만 했다.

"아닙니다. 일단 정보 수집 의뢰비조로 대략 1천 골드면 됩니다."

"그 정도라면 괜찮습니다."

퍼슨은 가온이 실망할까 걱정이 되는 모양이지만 그런 걱정은 하지 않았다.

이전까지는 어땠는지 몰라도 이계인들이 나타난 이후에는 꽤 많은 던전이 발견된다.

이전부터 있었던 것들도 있지만 상당수는 마수와 몬스터가 창궐하면서 생긴 것들이다.

"그런데 자금은 어떻게 사용할 생각입니까?"

지구와 달리 이 탄 대륙은 지금 창궐한 마수와 몬스터로 인해서 이동이 극도로 어렵다. 그래서 묻는 것이다.

"모험가 길드 본부에서 발행하는 전표를 사용하면 됩니다."

예지몽 속에서도 들어 보지 못했지만 얘기하는 내용으로 보아 전표는 지구에서 사용하는 수표와 비슷했다.

예를 들어 퍼슨이 랑트성 모험가 길드 지부에서 아그레브성 모험가 길드 지부의 지인에게 100골드를 보내려면 3%의 수수료를 합한 103골드를 지부에 내면 그 지인은 바로 그 돈을 받을 수 있었다.

"그럼 랑트로 돌아가서 돈을 드릴 테니 바로 일을 시작해 주십시오."

비록 1천 골드가 큰돈이기는 하지만 거메인에게 빌려주었던 돈만 받으면 마련할 수 있었다. 나머지 자금은 사냥으로 어떻게든 마련할 수 있을 것 같았다.

"알겠습니다. 정말 앞으로 많이 바빠질 것 같군요. 아! 믿을 만한 동료 두세 명이 더 필요합니다."

"그 부분은 함께 고민해 보도록 하지요."

그렇게 대답한 가온의 시선은 이번에 얻은 전투마를 두고 티격태격하는 타람과 로에니 남매를 향하고 있었다.

새로운 수익원

낮에 붉은갈기 기마대와 싸운 것 때문에 정리를 하느라고 휴식이 길어지는 바람에 목적지에는 도착하지 못하고 가까운 작은 강가에서 야숙을 했다.

물론 걱정할 필요는 없었다. 안전텐트의 아공간 밖으로 나가지만 않으면 크게 우려할 일은 생기지 않기 때문이다.

일행이 두 배 이상으로 늘어난 말들을 챙기고 불을 피워 저녁 식사를 준비할 때 헤븐힐과 매디가 인사를 하고 로그아웃을 했다.

가온도 오늘은 로그아웃을 하기로 했다. 아무래도 헤븐힐과 어나더 문두스에 처음 만났으니 연락이 올 것 같았고, 자신에 대한 인상이 어떤지도 궁금했다.

"오늘은 저도 따로 볼 일이 있어 내일 아침이나 돌아올 겁니다."

"이 밤에 어딜 가려고?"

한때 가온이 이계인이 아닌가 살짝 의심했었다가 안전텐트를 보고 오해를 푼 패터가 물었다.

"스승님을 뵈러 가야 해."

"스승님?"

"응. 마법을 배우고 있거든."

가온의 말에 사람들의 눈이 커졌다. 수련기사 중에서도 고참에 준하는 실력을 지닌 그가 뜬금없이 마법을 배운다는 말에 놀란 것이다.

"누, 누구에게? 이 근처에 계신 거야?"

"스승님에 대해선 나중에 말해 줄게. 그리고 이 근처에 계신 건 아니고 텔레포트 마법이 내장된 마도구를 사용해서 스승님의 거처에 다녀올 거야."

가온이 마도구를 보여 주며 대답하자 사람들, 특히 타이린의 눈이 화등잔처럼 커졌다.

"그럼 그동안 밤마다 사라진 게 안전텐트를 혼자 사용하기 위해서가 아니라 마법 수련 때문에 그런 거야?"

"당연하지."

"그러면 그렇지."

패터는 가온이 안전텐트를 꺼내 보였을 때 좀 배신감을 느

예지몽으로
히든랭커

껐었다. 혼자서만 안전한 곳에서 잠을 잤다고 생각했던 것이다.

"힘든 하루를 보내고도 밤마다 마법을 배우다니 정말 대단하십니다."

그렇게 말하는 퍼슨은 물론이고 다른 사람들도 경이의 눈빛으로 가온을 쳐다봤다.

"그리 대단한 것도 아닙니다. 그저 배울 수 있는 기회가되었기에 놓치지 않으려고 발버둥을 치는 거니까요. 그리고그래 봐야 아직 1서클 마법을 익히고 있는 중입니다."

"그게 어딥니까? 전설에나 등장하는 마검사이신데! 정말대단합니다!"

거메인이 흥분해서 그렇게 말하자 다른 이들도 새삼 마검사가 얼마나 대단한 존재인지 떠올리며 연신 감탄했다.

"하하하. 민망합니다. 아무튼 다녀오겠습니다."

"저희는 걱정하지 말고 다녀오십시오. 잠은 그래도 어느정도 자야 합니다."

퍼슨이 일행을 대신해서 인사를 했고 가온은 만약의 상황에 대비해서 그래도 안전한 곳을 찾아가는 것처럼 움직였다.

오랜만에 로그아웃을 했지만 역시 프리우스급 캡슐인지몸에는 아무 이상이 없었다. 오히려 이전에 나왔을 때보다상태가 더 좋은 것 같았다.

샤워를 하면서 살펴보니 전신 근육도 이전보다 더 고르게 발달한 것 같았고 전신에 활력이 넘쳐흘렀다.

'그런데 얼굴이 좀 탔네.'

이상한 일이다. 한동안 햇빛을 보지 않아서 하얘지거나 변화가 없어야 정상인데 마치 외부 활동을 많이 한 것처럼 얼굴이며 목이 보기 좋게 그을려 있었다.

'동화율이 이런 데까지 적용이 되는 건가?'

예지몽에서 누군가에게 어나더 문두스가 동화율이 높다는 소리를 들은 적이 있었다.

이런저런 생각을 하면서 씻고 나왔을 때 기다렸다는 듯이 핸드폰이 울렸다.

'누구지?'

번호를 확인해 보니 역시 헤븐힐이었다.

"여보세요."

-나예요.

"미령 씨, 오늘 랑트로 출발했겠네요?"

-네. 덕분에 좋은 일행을 만난 것 같아요.

"그렇게 생각한다니 다행입니다."

-고마워서 그런데 같이 치맥 하지 않을래요?

치킨과 맥주를 생각하니 바로 시장기가 돌았다. 저녁도 먹지 않고 로그아웃을 해서 그런 모양이다.

"어디서 볼까요?"

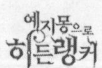

-지금 친구랑 1층 치킨집에 내려와 있어요.

"그럼 금방 내려가겠습니다."

가온은 옷을 갈아입으며 처음 생각한 대로 어나더 문두스의 온이 자신의 아바타라는 사실을 커밍아웃할지 짧게 고민했다.

'못 알아보는데 굳이 말할 필요가 있을까?'

헤븐힐이 자신을 탄 대륙 사람으로 간주한다면 여행하는 동안 재미있을 것 같다는 생각이 들었다. 나중에 밝혔을 때 그녀가 놀랄 것을 생각하니 절로 미소가 떠올랐다.

'현실에서는 온에 대해서, 어나더 문두스에서는 나에 대해서 물어보자.'

왠지 재미있을 것 같았다.

바로 아래로 내려가서 1층에 있는 가게 안으로 들어가자 바로 헤븐힐의 뒷모습과 그 앞에 앉아 있는 여자의 얼굴이 눈에 들어왔다.

'친구라고 보기에는 좀 어려 보이네. 둘 다 미인이지만 굉장히 다르네.'

채미령은 탱탱하면서도 굴곡이 뚜렷한 몸매에 전체적으로 슬림 한 타입이라면 풍성한 원피스를 입고 있는 친구라는 여자는, 키는 좀 작지만 힙과 가슴이 도드라지는 풍만한 몸매를 가지고 있었다.

공통점은 둘 다 상당한 수준의 미인이며 매력적이라는 것이다. 가게 안에 있는 사내들이 눈치를 보며 수시로 훔쳐보는 것이 그 증거였다.

헤븐힐은 이미 한잔했는지 업된 상태로 그를 반겼다.

그리고 친구라는 여자를 소개했는데 정말 깜짝 놀랐다.

'이 사람이 매디라고?'

헤븐힐과 달리 매디는 자신처럼 어느 정도 외모를 변경한 것 같았지만, 현실이나 어나더 문두스의 아바타나 미인이라는 건 동일했다.

'비록 여자 친구는 아니지만 이런 미인들과 치킨을 함께 먹다니 영광이네.'

못난 얼굴은 아니지만 그렇다고 미남이라고 당당하게 주장할 정도는 아니라고 자신을 평가하고 있는 가온에게는 과분하다는 생각이 드는 두 미인이다.

두 사람은 먹는 모습도 사뭇 달랐다. 미령은 입도 가리지 않고 닭다리를 뜯고 있었지만 그 모습이 털털하면서 보기가 좋았는데, 그녀의 친구는 먹는 모습까지 아주 조신하고 단아해 보였다.

매디는 헤븐힐보다 나이는 좀 어리지만 이미 대학을 졸업한 상태라고 들었다. 그녀는 헤븐힐과 달리 가상현실 게임 경험이 좀 있었다.

둘 다 자신보다 나이도 상당히 많고 이미 사회에 진출해 있으니 이성으로서는 생각하기 힘든 상대들이다.

그래도 이렇게 눈에 띄는 두 미인과 한자리에서 같이 치킨과 맥주를 마시는 자신이 왠지 좀 멋있게 생각이 들었다.

클럽 같은 곳에서 만난 여자들과는 차원이 달랐다. 모두 그런 건 아니지만 그곳을 자주 드나드는 여자들은 대부분 허영기가 많았고 외모와 치장에 과도한 관심을 가지고 있었다.

'뭐 그래 봐야 나한테는 그림의 떡이지만.'

아무튼 저녁 식사를 하지 않은 세 사람은 치킨이 나온 지 5분여 만에 두 마리를 해치우고서야 1회용 비닐장갑을 벗었다.

"자, 한잔하자고!"

안 그래도 맛있게 먹긴 했지만 기름진 치킨을 몇 조각씩 해치운 터라 생맥주가 당기던 참이라 건배와 함께 시원하게 마셨다.

"매디 씨는 직업이 뭐예요?"

동안이기는 하지만 이미 대학교를 졸업했다니 궁금했다.

"지금은 백수예요. 대학에서 콘텐츠 쪽을 전공하고 바로 취업을 했는데, 게임 관련 쪽 일이었어요."

주위에 게임과 관련된 분야에 있는 사람이 없어서 호기심이 생긴 가온이 뭔가 물어보려고 할 때 채미령이 끼어들었다.

"넌 그쪽이 아니라 게임 전문 인플루언서나 크리에이터가 어울린다니까. 너 기사 엄청 잘 쓰잖아. 미모도 충분하고."

그 직업들은 오래전부터 떴지만 인공지능과 로봇이 실생활까지 파고든 지금은 초등학생들까지도 선망하는 직업군이 되었다.

　"에이, 언니, 전 숫기도 없고 그쪽 일은 정보와 언변 그리고 게임과 관련된 지식이 필수적이에요. 제가 회사를 그만두고 어나더 문두스를 플레이하는 것도 좀 더 게임에 대한 지식과 경험을 쌓기 위해서고요."

　"핏! 숫기가 없기는, 온 씨랑은 만나자마자 친해져 놓고서는."

　"그거야 온 님이 편하게 잘 대해 주니까……."

　"다른 남자들은 안 잘해 주었니? 다들 노골적으로 호감을 드러내면서 잘해 줬잖아."

　"하지만 그 사람들은 좀……."

　"하긴 좀 그렇긴 하지. 단순한 호감이 아니라 어떻게 해 보려는 게 눈에 여실하게 보이니까. 나도 그래서 온 씨랑은 처음 만나서 바로 친해졌지."

　"온이라면 어나더 문두스의 그입니까?"

　둘의 대화를 듣고 있던 가온이 끼어들었다.

　"다른 온이 더 있…… 아! 여기에도 온이 있구나."

　헤븐힐이 장난기 어린 눈으로 대답했다.

　가온은 본인 스스로 숫기가 없다고 한 매디나 헤븐힐이 자신의 아바타에게 호감을 가진 것 같아서 내심 기분이 좋았다.

"매디 씨, 랑트에 도착하면 정말 3개월 동안 온의 동행으로 활동하기로 한 거 맞죠?"

"네. 플레이어들이 귀찮아서 의뢰를 했지만 일단 약속을 했으니 최선을 다할 거예요."

매디는 가온이 의뢰 내용을 다시 확인한다고 생각한 듯 그렇게 대답했다.

"각오를 듣자고 한 애기가 아니라 두 분이 엄청난 행운을 잡았다고 말씀드리는 겁니다. 나중에 저에게 감사하다고 몇 번이나 말할 겁니다."

"그렇게 자신하는 이유가 따로 있나요?"

매디가 눈을 반짝이며 물었다.

"두 분은 폭렙을 할 수 있는 기회를 잡은 겁니다."

"폭렙요? 이른바 버스를 태워 준다는 건가요? 제가 알기로는 어나더 문두스에서는 불가능한데요."

"온이 두 분의 제의를 수락한 건 믿을 수 있는 동료가 필요해서입니다."

"대체 무슨 말을 하려고 폭렙을 자신하는 거예요?"

헤븐힐이 기대하는 얼굴로 물었다.

"랑트 근처에 온과 나만이 아는 던전이 하나 있어요. 리자드맨 던전. 레벨은 대충 오크와 비슷해요."

"정말?"

"진짜요?"

두 사람 모두 던전 정도는 알고 있는지 눈빛이 뜨거워졌다.

"직접 확인했어요. 들어가서 사냥도 했는데 저와 온 둘만으로는 클리어를 하지 못하겠더라고요."

"우와아!"

"던전이라니!"

어나더 문두스의 무대인 탄 대륙에는 던전이 있지만 국가나 영주들이 관리하고 있어서 플레이어들은 아직 출입할 수 없다.

그리고 아직 새로운 던전이 발견되었다는 소식은 나오지 않았다. 그래서 일부 플레이어들은 게임의 무대인 탄 대륙에는 새로운 던전이 존재하지 않을지도 모른다는 의견을 게시판에 올리기도 했다.

"리자드맨만 나오는 던전이라면 20대 중반 레벨까지는 쉽게 올릴 수 있겠는데……."

오크와 마찬가지로 10대 후반에서 20대 중반의 레벨을 가진 리자드맨 던전이라면 헤븐힐의 말대로 레벨 업에 최적의 장소였다. 흔히 플레이어들이 말하는 젖과 꿀이 흐르는 그런 장소 말이다.

"정말 그게 사실이라면 언니와 저는 정말 큰 기회를 잡은 거네요."

"호호호. 그러니까 매디 너는 나만 따라다니면 된다니까. 내가 이렇게 복을 끌어들이는 사람이라고!"

매디도 매디지만 헤븐힐도 잔뜩 흥분했다.

"던전이라니. 정말 운도 좋네요. 그런데 혹시……."

매디가 뭔가 말을 하려다가 가온의 눈치를 보며 입을 닫았다.

"말씀하세요."

"혹시 다른 플레이어도 함께할 수 있을까요?"

그건 생각해 보지 않은 문제인데 안 될 건 없었다.

그런데 가온이 부정적으로 생각하는 것으로 여긴 매디가 서둘러 입을 열었다.

"그냥 그렇게 해 달라는 게 아니에요. 던전을 함께 공략할 기회를 주신다면 50, 아니 100골드를 드릴게요."

"……100골드요?"

왜 갑자기 그렇게 큰돈이 언급되는지 궁금했다.

"아무래도 100골드는 좀 적지요. 이렇게 폭렙을 할 수 있는 기회인데. 그럼 얼마를 드리면 될까요?"

매디뿐 아니라 헤븐힐도 가온의 대답을 기다렸다.

그때 가온의 머릿속에 스쳐 가는 생각이 있었다.

'던전이 이렇게도 돈이 되는구나!'

안 그래도 던전에 대한 정보를 확보하기 위해서는 돈이 많이 필요하다. 당장 랑트로 귀환해서 퍼슨에게 활동 자금으로

1천 골드도 줄 생각이었고, 그 이후에도 지속적으로 거금이 필요했다.

가온은 사냥으로 그 돈을 충당할 생각이었는데, 매디의 말을 들으니 더 빠르고 편하게 거금을 벌 수 있는 방법이 생각난 것이다.

"몇 명이나 됩니까?"

"뭐, 당장 몇 명까지 생각한 건 아니고 한 명이에요. 이제 막 결성되기 시작한 길드 단위라면 아무래도 큰돈이 되겠지만……."

매디는 미안한 얼굴로 말을 흐렸지만, 그 순간 가온의 머릿속에는 벼락이 치고 있었다.

'그래! 그거야!'

잠시 생각을 정리한 가온이 입을 열었다.

"매디 씨, 지금 하는 일은 없는 거죠?"

"네, 맞아요."

"그럼 아르바이트 한번 해 보실래요?"

"갑자기 무슨 알바요?"

던전 얘기를 하다가 갑자기 아르바이트가 언급되니 당사자인 매디는 물론 헤븐힐도 어리둥절한 얼굴이 되었다.

"던전을 확인하고 잠깐 떠올린 생각인데, 이거 경매에 붙이면 어떨까요?"

예지몽 속에서는 플레이어들끼리 던전을 사고팔았다. 개

인이 아니라 길드들이 말이다.

"그러니까 던전에 대한 정보를 경매에 붙이겠다는 거죠?"

"맞아요. 충분히 레벨 업을 한 후에 경매로 던전을 넘기는 거지요. 그런데 나는 그쪽은 잘 모르니까 매디 씨가 이 건을 맡아서 처리하는 게 어때요?"

마침 매디가 게임과 관련된 회사에서 근무를 했다니 최소한 자신보다는 잘 알 것 같았다.

"어떤 방식으로요?"

매디는 처음 만나는 남자에게 이런 엄청난 정보와 제의를 받을 줄 몰랐는지 꽤나 놀라고 당혹스러운 얼굴이었지만, 큰 관심을 보였다.

"어나더 문두스 홈페이지의 플레이어 게시판이나 게임즈 인포와 같은 사이트의 정보 게시판에 이 정보를 두고 경매를 하겠다는 게시글을 올리면 되지 않을까요? 이제 막 길드들이 생긴다고 들었는데, 길드를 대상으로 한 세 곳 정도면 무난할 것 같은데요."

세 길드가 낙찰 액수를 고려해서 교대로 던전을 공략하면 된다.

"아직 그런 정보를 경매에 붙이는 경우는 없는 걸로 아는데……."

던전과 경매라는 단어에 흥미를 보인 헤븐힐이 곰곰이 생각해 보더니 그렇게 말했다.

"아니에요. 있어요! 며칠 전에 우연히 오크 부락을 발견하고 도망을 치려다가 죽었다고 하소연을 하는 글이 올라온 적이 있는데, 그 장소에 대한 정보를 한 길드가 거금을 주고 샀다고 했어요."

그렇게 말하는 매디의 눈은 어느새 흥분으로 인해 상기되어 있었다.

"호옹. 그럼 가능하겠네. 얼마나 받아야 할까?"

"그러게요. 저도 이쪽 업계에서 오래 일을 한 게 아니라서……."

"그걸 왜 두 분이 걱정해요. 경매 형태로 가장 높은 가격을 부른 길드순으로 넘기면 되지."

가온의 말에 두 사람이 작게 박수를 쳤다.

"정말 그럼 되겠어. 와아! 게임 좀 해 봤나 봐."

"그럼 걱정할 건 없겠네요. 제가 해 볼게요."

"그럼 매디한테는 얼마나 줄 생각이에요?"

본인이 아닌 헤븐힐이 더 흥분해서 물었다.

"낙찰액의 5%는 어떨까요? 참고로 던전은 온이 찾은 거나 다름없으니 8할을 줄 생각이거든요."

그럼 표면적으로 자신도 15%를 받는 것이니 나름 공정하다고 생각해서 말했다.

"전 좋아요. 안 그래도 졸업하자마자 힘들게 들어간 회사를 역량 부족을 이유로 몇 달 만에 관두고 집에서 놀고 있어

용돈벌이라도 해야 하는 상황이거든요. 정확한 장소와 출현하는 리자드맨의 동선 등 관련 정보만 넘겨주세요."

자신이 직접 하기에는 귀찮았지만 분명히 돈이 되는 정보여서 어떻게 활용하나 고민했는데 잘 풀렸다.

"공략 방법까지 상세히 넘기도록 하지요."

"그런데 공략법도 알고 그런 던전이라면 매디와 나에게도 성장할 수 있는 좋은 장소인데 좀 아쉽네요."

"아쉬울 거 없어요. 지금 향하고 있는 곳이 사령술사의 던전이 맞는다면 두 분에게 리자드맨 던전보다 레벨 업하기에 더 좋을 테니까요. 그리고 온이 사실 던전 탐색 전문이라서 앞으로도 기회는 많을 거예요."

힐러이자 버퍼인 헤븐힐도 그렇지만 사제인 매디에게 사령술사의 던전은 폭발적인 레벨 업이 가능할 수 있는 장소였다.

"그럼 사령술사의 던전에서 20까지 찍을 수 있을까요?"

"전 25레벨만 되어도 좋겠어요."

"그 정도가 아니라 30은 충분히 달성할 수 있어요."

예지몽 속에서 사령술사의 던전에 대한 정보를 들은 적이 있었는데, 망령의 한 종류인 스펙터와 같은 경우에는 평균 레벨이 30이었고 구울 역시 30에서 40 사이이니 공략만 잘한다면 레벨 업은 문제없었다.

"그런데 가온 씨는 왜 아그레브에 함께 오지 않았어요?"

매디의 질문에 가온은 순간 대답할 말을 떠올리지 못했지만 짧은 순간 머리를 굴린 끝에 적당히 말해 주기로 했다.

　"내 레벨로는 그들과 동행한다고 해도 위험해요. 현지 모험가와 사냥꾼은 레벨로는 정의할 수 없는 노련함과 많은 경험을 가지고 있지만, 우리는 아니지요. 그리고 지금은 말하기 어렵지만 따로 하고 있는 일도 있고요."

　두 사람은 가온의 대답을 수긍했다. 경험이 아니더라도 18이라면 플레이어들 중에서는 높은 레벨이었지만 그 정도로는 아그레브행을 선택하는 건 무리였다.

　"그리고 난 사실 어나더 문두스에는 관심이 있지만 사냥이나 레벨 업에는 크게 흥미가 없어요."

　"그래요? 그 레벨이라면 랭커가 될 가능성이 충분할 텐데……."

　"나는 사냥이나 레벨 업보다는 검술 수련이나 마법 수련과 같은 과정이 더 좋아요."

　헤븐은 가온이 이해가 잘 안 갔지만 더 이상 말꼬리를 잡지 않았다. 사람은 누구나 다르니 말이다.

　그때 매디가 마음을 굳혔는지 물었다.

　"그런데 던전 건은 온 님과 얘기가 된 건가요?"

　"던전에 다녀올 때 잠깐 얘기를 했어요. 던전에 대한 정보를 내가 활용하면 안 되겠냐고요."

　"그랬더니요?"

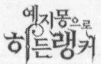

"온은 자신의 실력 향상과 그를 위해 필요한 자금 외에는 관심이 없는 사람이에요. 리자드맨 던전은 등급이 낮아서 사냥을 해 봐야 온의 실력 향상에 크게 도움이 될 것 같지도 않으니, 그렇게 하고 싶으면 하라고 했어요."

"좋아요! 한번 해 볼게요. 사실 나보다 내 동생이 그쪽 전문가지만, 저도 그동안 회사를 다니며 보고 들은 것이 있어서 그 정도는 할 수 있을 것 같아요."

그녀의 동생이 어떤 면에서 전문가인지는 알 수 없지만 지금은 그게 중요하지 않았다. 그녀가 그 일을 맡아서 한다는 것이 중요했다.

"잘됐네요. 우리 한번 잘해 봅시다. 잘만 하면 큰돈이 나올 것 같아요."

"저도 좋은 기회라고 생각해요. 언니 말대로 언니가 제게 행운을 가져다주는 것 같아요."

"호호호. 그렇지? 내가 모르는 일이라서 혼자 배제되는 건 좀 서운하지만, 그래도 네 눈에 힘이 돌아온 것 같아서 기쁘네. 두 사람, 경매 잘 마무리되면 한턱 단단히 내야 해요."

헤븐힐이 가온을 쳐다보며 말했다.

"그야 당연하지요."

"오케이! 그럼 오늘 치맥은 내가 쏠게! 샐러드랑 맥주 더 시키자!"

술이 들어가자 헤븐힐은 은근슬쩍 말을 놓았는데 가온은

모른 척하며 받아 주었다.

계속 알고 지내다 보면 어차피 자신의 나이는 밝혀질 테고 나이 차이도 상당하니 말을 놓는다고 해도 기분이 나쁠 일은 아니다.

'그래도 어나더 문두스에서는 내게 깍듯이 해야 할걸.'

끝까지 나이를 밝히지 않았음에도 결국 헤븐힐은 가온에게 편하게 말을 놓기 시작했고 자연스럽게 받아들였다.

가온은 추가된 맥주를 마시며 리자드맨 던전에 대한 상세한 정보를 매디에게 말해 주었고, 그녀는 와치캠의 홀로그램 기능을 이용해서 그 내용을 정리했다.

"좀 아쉽네요. 플레이어들이 훨씬 더 많은 아그레브 정도만 되어도 꽤 높은 가격을 던전 정보를 팔 수 있었을 텐데요."

"아쉬워할 필요 없습니다."

"왜?"

"리자드맨 던전이라면 아그레브의 플레이어들도 기꺼이 랑트행을 선택할 테니까요."

초랭커들의 행적은 일반 플레이어들에게는 거의 알려져 있지 않다.

현재 눈에 띄는 랭커들은 대부분 10대 후반에서 20대 초반 레벨에 근접한 상태다. 그러니 30레벨까지는 무난하게 올릴 수 있는 리자드맨 던전이 엄청난 보물로 보일 것이다.

이미 꽤 많은 길드가 만들어진 상황이니 돈을 들여서라도 길드의 세를 키우고자 하는 이들은 리자드맨 던전과 가까운 랑트성으로 향할 수밖에 없었다.

'내가 대충 길도 정리하면 더 편하게 왕래할 수 있지.'

가온의 말을 곰곰이 생각해 본 매디가 환하게 웃었다.

"생각보다 더 크게 대박을 칠 수 있을 것 같아요!"

얼마나 받을지 알 수 없었지만 매디라는 존재를 알지 못했으면 귀찮아서라도 방치했을 정보였다. 뭐 한두 번은 더 사냥했을 수도 있겠지만 말이다.

'사령술사의 던전이 있으니 지금은 전혀 아쉽지 않아.'

차라리 리자드맨 던전 때문에 랑트를 거점으로 활동하는 플레이어들이 늘어나는 편이 자신이나 탄 대륙 사람들에게 더 좋은 일이다.

뜻하지 않게 거금을 확보할 방안이 생겨서 가온은 기분 좋게 술을 즐길 수 있었다. 전혀 다른 매력을 지닌 두 미인과 함께하는 자리여서 더 좋은 것 같았다.

집으로 돌아온 사매디는 다른 날과 달리 엄마의 잔소리에도 크게 반응하지 않고 넘겼다.

자신의 방에 들어가서 옷을 갈아입은 사매디는 일단 가볍게 몸을 씻고 버릇처럼 책상에 앉아서 컴퓨터를 부팅했다.

맥주 두 잔을 마셨지만, 안주도 푸짐하게 먹었고 편안하고 기분 좋은 자리라서 그런지 전혀 취하는 느낌이 없었다.

'좋은 사람 같아.'

사람, 특히 남자에게는 굉장히 수줍음이 많은 성격의 자신이 처음 만난 남자와 이렇게 편하게 대화를 나누어 본 적은 없었다. 그건 아마 그가 좋은 사람이기 때문일 것이다.

나이는 끝까지 말해 주지 않았지만 자신보다는 한두 살 정도 어린 것이 분명했다.

'꽤 잘생겼어. 그리고 알 수 없는 여유로움이 나나 언니를 편하게 만들어 주는 것 같아. 옷차림이나 시계를 보면 분명히 잘사는 집안 출신은 아닌 것 같은데 돈에는 별로 구애를 안 받는 것 같고.'

가온에 대해 이런저런 생각을 해 봤지만 결론은 하나였다.

'매력적인 남자야.'

무엇보다 요즘 어나더 문두스에 푹 빠진 그녀에게는 알려진 정보가 거의 없는 어나더 문두스의 실력자라는 점이 가장 크게 다가왔다.

'나중에 계약이 끝나면 가온 씨랑 같이 어나더 문두스를 플레이하면 재미있을 거 같아.'

그것뿐이 아니다. 회사를 다닐 때 모아 두었던 돈도 거의 떨어져서 부모님에게 손을 벌려야 하는 상황이 닥친 것을 어떻게 알았는지 제대로 된 용돈을 벌 수 있는 기회까지 만들어 주었다.

'제대로 한번 실력 발휘를 해 보자.'

많은 사람들 앞에 얼굴을 드러내는 건 성격 때문에 거의 불가능하지만 글은 다르다.

게임과 관련된 지식과 경험 부족으로 결국 회사를 그만두어야만 했지만 이 정도 일은 충분히 처리할 자신이 있었다.

'모두가 욕심을 내도록 자극적이고 강렬한 내용으로 던전을 홍보해야 해!'

1시간 정도 공을 들여서 리자드맨 던전에 대한 대충의 정보를 정리한 매디는 마침 들어온 동생을 불러들였다.

"왜?"

"너 어나더 문두스하고 오는 거지?"

"쉿! 엄마 들으면 난리 나!"

바로는 굳이 부인하지 않았다.

"작업실에서 하는 거야?"

자세하게는 알지 못하지만 그녀의 동생인 바로는 고등학교 때부터 컴퓨터로 은밀한 일을 많이 해 왔다.

대학에 입학한 후 친구들과 돈을 모아서 작업실을 얻어서 지내는데, 지금은 그곳에서 어나더 문두스를 플레이하고 있었다.

"맞아. 그게 왜?"

"그게 문제가 아니고 날 좀 도와줄 수 있어?"

"누나가 나한테 도움을 요청한다고? 호오. 무슨 일인데?"

방금 전만 해도 떨떠름한 얼굴을 하고 있었던 바로가 관심을 보였다.

친하지도, 그렇다고 사이가 나쁘지도 않은 그의 누나는 소위 엄친딸로 자신처럼 엇나가는 것도 없이 모범생 코스를 밟았다.

그런 누나가 도움을 요청하는 건 난생처음이니 흥미가 안 생길 수가 없었다.

"사실 나도 어나더 문두스를 플레이하고 있거든."

"누나가? 대체 그만둔 직장에서 무슨 일이 있었기에 누나가 이렇게 바뀐 거지?"

"바뀌긴 뭐가 바뀌어. 난 그대로야. 아무튼 내가 가상현실 게임 정보 사이트에 한 가지 글을 게시할 예정인데 보안이 좀 걱정이야."

"그럼 게임즈인포에 올려. 거기가 그쪽 업계에서는 보안 수준이 세계적으로도 탑이야."

가온과 마찬가지로 바로 역시 게임즈인포를 추천했다.

"사실 큰돈과 관련된 정보를 올릴 거거든."

"큰돈?"

집은 잘사는 편이지만 평소 용돈은 거의 주지 않는 부모님 때문에 돈 소리에 바로의 관심도가 한층 더 높아졌다.

"사실……."

매디는 바로에게 던전의 정보에 대한 경매 건을 털어놓았다.

"와아! 던전이라니! 플레이어들 간에는 수위권에 있는 랭커들이 보이지 않는 것이 던전 때문이라는 말들이 많던데. 아무튼 끝내주네! 그거 우리가 먼저 사용하면 안 되나?"

"시간이 금이야. 그리고 처리는 주인의 마음이고."

자신 역시 그런 생각이 없는 건 아니지만 그 정보의 주인은 자신이 아니다.

"그러니까 해당 게시글을 올리면 분명히 꼬일 수밖에 없는 날파리들의 촉수를 피하고 싶다는 거지?"

"그래. 낙찰 금액의 대부분은 현지인인 온 님에게 주어야 하지만, 가온 씨와 나도 일정 지분만큼 받기로 했거든. 혹시 몰라서 내 존재를 드러내지 않았으면 해."

"그런 거라면 내가 도와줄 수 있지. 그런데 내 몫은?"

"일단 내 몫의 3할 정도는 챙겨 줄게."

"좋아. 원래라면 절반은 받아야겠지만 이번에 한해서 그 정도로 봐주지. 올릴 내용은 작성했어?"

"응."

매디는 자신이 작성한 문서 파일을 보여 주었다.

"잘 썼네. 평균 레벨 15 정도의 플레이어 그룹이라면 공략법대로만 해도 30레벨까지는 무난하게 달성할 수 있을 것 같아. 기한은 일주일이면 돼?"

매디가 고개를 끄덕이자 바로가 본격적으로 움직였다.

"자, 그럼 시작해 볼까."

바로는 매디의 눈이 좇아갈 수 없는 속도로 몇 개의 메신저 사이트를 입력하고 한참 동안 뭔가 주고받더니, 입금까지 하고 마지막으로 게임즈인포 사이트에 접속했다.

　그리고 생소한 신상정보를 이용해서 게임즈인포 사이트에 새로운 계정을 생성하더니, 문서 파일의 일부를 이용해서 게시글을 완성했다.

　"다 됐어! 원래라면 호가가 보여야 낙찰 금액이 커질 테지만 어쩔 수 없이 비밀 댓글로 호가를 부르도록 했어."

　"수고했어."

　"그런데 이런 건이 계속 이어질 것 같아?"

　"응. 확실한 건 아닌데 어쩌면 내일 새로운 던전에 들어갈 수 있을 것 같아."

　"그럼 나한테도 소개시켜 줄 수 있어?"

　"누굴?"

　"누구긴. 그 가온이라는 형과 온이라는 모험가지."

　"왜?"

　"원래 이런 일은 내가 더 잘할걸."

　매디는 고개를 저었다.

　확실히 이쪽은 바로의 전공이기는 했지만 왠지 소개시켜 주고 싶지는 않았다.

　"왜?"

　"그냥."

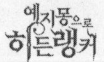

동생은 섭섭하겠지만 그녀도 이유를 제대로 설명하기가 힘들었다.

"누나, 이번에는 공짜로 해 줄게. 대신 랑트에 도착하면 나도 일행으로 받아 줘. 날 영입하겠다고 꼴 같지 않게 구는 것들도 귀찮고. 꼭 이런 일이 아니더라도 그 형님들만 따라다니면 돈도 돈이지만 폭렙을 할 것 같은 감이 온단 말이야."

그건 자신의 감도 마찬가지였다. 왠지 가온만 따라다니면 좋은 일이 계속 생길 것 같은 기분 좋은 예감이 들었던 것이다.

매디는 잠시 고민하다가 결국 고개를 끄덕였다.

"대신 얌전히 굴어."

"걱정하지 마. 뭘 걱정하는지 모르겠지만 내 능력을 확인하면 그 형님도 신관인 누나보다 날 더 중시하게 될 테니까."

"다른 게임들처럼 질린다고 금방 그만두지나 마."

"질려서 그만둔 게 아니고 만렙을 달성해서 더 이상 재미가 없어서 그만둔 거거든. 그리고 어나더 문두스는 내가 그동안 해 온 게임들과는 차원이 다르다고. 질릴 리가 없어."

'그건 나와 의견이 같네.'

오랜만에 동생과 대화도 하고 도움도 받아서 그런지 몇 달째 백조 생활을 하면서 웃음을 잃었던 사매디의 입가에는 어느새 짙은 미소가 떠올라 있었다.

던전

다음 날 일찍 어나더 문두스에 접속한 가온은 숙영지와 조금 떨어진 공터로 가서 루틴대로 수련을 시작했다.

수련을 마치고 강물로 들어가서 시원하게 몸을 씻고 나서 숙영지로 돌아가서 이미 기상해서 숙영지를 정리하는 한편 아침 식사를 준비하는 일행과 인사를 나누었다.

간단한 아침 식사를 마칠 때쯤 헤븐힐과 매디가 접속했다.

"일찍 왔네요?"

"호홋! 일찍 눈이 떠져서요."

"던전에 들어갈 생각에 설레서 잘 못 잤어요."

아직 공식적으로 던전의 존재가 알려지기 전이니 두 사람으로서는 기대가 클 만했다. 그래도 혹시 모르는 일이라서 아닐 수도 있으니 너무 크게 기대하지 말라는 얘기는 해 주었다.

식사 후 일행은 바로 목적지로 출발했다.

사령술사의 던전으로 짐작되는 곳이 있는 장소는 말로 채 30분도 걸리지 않는 숲에 있었다. 가지나 잎이 별로 없는 키 큰 나무가 **빽빽**하게 들어찬 숲 안쪽에 목적지가 있다고 했다.

말에서 내려 주위를 돌아볼 때 퍼슨과 스톤이 먼저 확인을 해 보겠다고 숲으로 들어갔다.

기대와 혹시 모를 위험에 사람들이 긴장한 얼굴로 기다리길 10여 분 후 두 사람이 다시 나왔다.

"던전은 확인했어요?"

패터가 잔뜩 기대하는 얼굴로 퍼슨에게 물었는데 그는 가온을 보며 보고했다.

"확인할 수가 없었습니다. 분명 숲 깊은 곳이라고 들었는데. 가지나 잎은 무성하지 않지만 나무들이 워낙 **빽빽**해서 사람 하나 간신히 통과할 정도로 간격이 좁고 무엇보다 시야가 너무 어둡더군요. 한낮이라도 별도의 광원(光源)이 없으면 더 안쪽으로 들어가기 힘들 것 같아서 그냥 나오는 길입니다."

"숲을 조금 들어갔는데도 불길한 감각과 함께 온몸에 소름이 가득 돋는 것이 정말 사령술사의 던전이 숲 안에 있는 것 같습니다."

스톤은 많은 경험을 한 노련한 사냥꾼답지 않게 조금은 질린 얼굴로 퍼슨의 말을 보충했다.

"확실하게 숲 안에 던전이 있는지는 알 수 없지만 죽음의 기운이 숲 전체를 덮고 있어요."

숲 주위를 돌아보며 뭔가 조사를 하다가 돌아온 타이린이 그렇게 설명했다.

"죽음의 기운을 오래 접하면 어떻게 됩니까?"

"죽음의 기운은 생자의 기운을 빼앗는 흉포한 성질을 가지고 있어요. 사제나 성물이 지니고 있지 않다면 오래 견디지 못해요."

설명을 들은 가온은 매디에게 시선을 돌렸다.

"죽음의 기운을 걷어 낼 방법이 있습니까?"

"신성한 빛으로 대지나 일정한 물건을 정화시키는 신성 마법이 있는데, 아직 숙련도가 낮아서 적용 반경이 얼마 되지 않아요."

그렇다면 혹시 몰라서 챙겨 두었던 성물을 이용하는 수밖에 없었다.

가온은 일행에게 루의 가호가 깃든 은 목걸이를 나눠 주었다.

"숲 안에 들어가더라도 던전까지 얼마나 멀지는 알 수 없습니다. 그러니 조금 더 살펴보고 숲으로 들어가 보도록 하지요. 그리고 거메인 씨는 안전텐트를 치고 그 안에서 우리를 기다리는 것이 좋을 것 같습니다. 어차피 말들을 챙길 사람도 필요하고요."

"알겠습니다. 이곳에서 여러분을 기다리겠습니다."

일단 전투력이 낮은 거메인이 남기로 하자, 다들 어느 정도 편한 마음으로 던전을 공략할 의지를 다졌다.

사람들은 일부는 무장을 정비하고 다른 일부는 거메인을 위해서 안전텐트를 치기 시작했다.

가온은 아직 다른 일행과 친해지지 못한 헤븐힐과 매디에게 신경이 쓰여 대화라도 하려고 했는데, 두 사람이 딱 붙어서 귀엣말로 대화를 나누고 있었다.

"매디야, 설마 던전에 도착하기도 전에 언데드들이 출현하는 건 아니겠지?"

헤븐힐이 기대와 우려가 복합된 감정을 드러내며 매디에게 속삭였다.

"죽음의 기운이 숲 전체를 감싸고 있다면 그럴 가능성도 있어요."

"개방된 공간도 아니고 햇빛도 제대로 들어오지 않아서 해가 떠 있어도 숲 안으로 들어가면 무척 어두울 것 같은데, 언데드까지 나타나면 정말 힘들겠어."

헤븐힐의 말이 맞았다. 죽음의 기운 때문에 나무들은 다른 곳과 달리 그렇게 굵지는 않았지만 워낙 빽빽해서 이동도 힘든 판에 언데드들이 나타나서 공격을 한다면 대응하기가 곤란했다.

"제대로 된 길이라도 있으면 좋을 텐데."

두 사람의 대화를 한 귀로 들으면서도 뭔가 좋은 방법이 없을지 고민하던 가온은 헤븐힐의 말에 불현듯 한 가지 생각을 떠올렸다.

'까짓! 길이 없으면 길을 만들면 되지.'

길만 확보된다면 타이린이 라이트 마법을 쓰든 횃불을 만들어서 밝히든 시야는 확보할 수 있었다.

'그런데 나한테 도끼가 있던가?'

아! 있다. 벌목꾼이 쓰는 도끼는 아니지만 유사한 것이 있었다. 한쪽에 도끼날이 달려 있고 반대편에는 갈고리가 달린 할베르트 즉 도끼창이 블랙팬서가 죽인 상인의 마차에 실려 있었던 긴 궤짝 하나를 채우고 있었다.

사체를 넣느라고 긴 궤짝들을 비웠기에 기억이 났다.

'도끼질하는 요령도 알고 있지.'

예지몽 속에서 변경성에서 플레이를 시작한 가온은 레벨업과 생활비를 벌기 위해서 안 해 본 퀘스트가 없었는데, 그중에는 벌목과 관련된 것도 있었다.

도끼질도 요령이 있다. 두 다리를 바닥에 굳건히 붙이고 허리를 제대로 이용해서 회전력을 최대로 이용해야 힘도 들지 않고 쉽게 나무를 벨 수 있었다.

벌목 퀘스트를 한 건 단 한 번뿐이지만 현지 벌목꾼이 가르쳐 준 요령이 제대로 된 것이었는지 그 당시에는 스킬로 등록되었을 정도였다.

　평균 한 아름 굵기의 나무는 도끼창이 깊이 박히자 힘없이 부러지고 말았다.

　가온이 도끼질을 잘해서가 아니라 다른 이유가 있었다.

　"생기가 거의 없군."

　나뭇가지나 잎이 많지 않아서 그런지 생각보다 덜 소리를 내며 앞쪽으로 쓰러진 나무의 바깥쪽은 죽어서 조직이 반 정도는 썩은 상태였다. 그래서 나뭇잎들이 별로 보이지 않은 모양이다.

　그래도 나무들이 워낙 좁은 간격으로 자라고 있었기 때문에 부러졌음에도 넘어가지 않고 옆에 있는 나무에 걸려 기대어진 상태였다.

　그래도 가온은 전면의 나무 다섯 그루를 차례로 찍어서 결국 넘어뜨렸다.

　뒤에 있던 사람들은 충돌로 인해서 부러진 나뭇가지며 떨어진 잎들이 가라앉은 후 일제히 달려들어 넘어간 나무들을 밖으로 끌어냈다. 도끼질에 방해가 되지 않도록 하기 위해서였다.

　나무들은 그리 굵지 않았음에도 높이가 거의 30미터에 달했기 때문에 엄청나게 무거워서 힘을 합해야만 했다.

그렇게 나무들을 끌어내어 공간이 생기자 가온은 다시 도끼창을 휘둘렀다.

쩍!

강한 허릿심에 회전력이 가해진 도끼의 날을 두 번 찍을 필요는 없었다. 한 번에 부러졌다.

앞쪽이 아니라 양옆으로 쓰러진 것은 굳이 앞으로 끌어낼 필요가 없었다. 일행에게 필요한 것은 햇빛이 들어올 수 있는 너비의 길이었으니 말이다.

그렇게 가온이 100그루를 찍어 내자 이번에는 패터가 도전했다. 패터도 도끼질은 해 봤지만 도끼창은 좀 달랐다.

그래도 했던 가락이 있어서 어렵지 않게 허릿심과 회전력을 이용해서 두세 번의 도끼질만으로 나무를 넘어뜨리고 있었다.

나무의 겉쪽이 썩어 있었기 때문에 앞쪽으로 정확하게 쓰러뜨리는 건 좀 어려웠지만 그래도 무난하게 벌목을 했다.

그가 쓰러뜨린 나무는 굳이 앞으로 끌어낼 필요가 없었다. 마침 숲 안쪽 바닥에는 썩은 물이 고인 곳이 많아서 부츠를 신고 걷기가 찜찜했기 때문에 걷는 데 방해가 되지 않도록 나뭇가지만 잘 정리하면 되었다.

다음에는 샘슨이 도전했다. 그 역시 도끼질을 좀 해 봤는지 도끼창을 몇 번 휘두르더니 감을 잡았는지 손쉽게 나무를 쓰러뜨렸다.

　그렇게 사람들은 차례를 바꾸어 가며 도끼창으로 나무를 쓰러뜨렸고 나머지 사람들은 가온이 나눠 준 글레이브로 나뭇가지를 정리하거나 쓰러진 나무를 제대로 놓았다.

　그렇게 하자 굳이 썩은 물이 고여 있는 바닥을 밟지 않고서도 쓰러진 통나무들을 밟고 이동할 수 있었다.

　시간은 좀 걸렸지만 다들 불평 없이 참여했다. 최소한 햇빛이 들어와서 어둡지 않은 것만으로도 불길하고 음침한 죽음의 기운이 희석되는 기분이 들었다.

　거기에 숲 안으로 좀 더 들어오면서 안 사실인데 켜켜이 쌓여 있는 나뭇잎이 고인 물에 썩어서 그런지 바닥에는 독충이 우글거렸다.

　그러니 시간이 좀 더 걸려도 이 방법을 선택할 수밖에 없었다.

　나무가 굵지 않은 데다 절반은 썩은 상태라 쓰러뜨리는 것도 어렵지 않았다. 다만 나뭇가지를 정리하는 작업과 바닥에서 나는 악취가 싫을 뿐이었다.

　그렇게 3시간 정도 작업을 하면서 숲 안쪽으로 전진하던 가온 일행은 드디어 작은 공터에 서 있는 목조건물을 볼 수 있었다.

　다 썩어서 금방이라도 쓰러질 것 같은 건물은 무척이나 흉물스러웠지만, 그래도 주위에 비해서 약간 솟아오른 언덕 위에 자리하고 있었다. 그런데 그 건물의 반경 100여 미터는 불길하게도 땅 자체가 죽은 듯 검은색이었다.

그런데 신기하게도 그곳에는 햇볕이 내리쬐지 않았다. 건물의 상공에 무슨 막이라도 있는 것처럼 그 공터는 한낮임에도 마치 해 질 무렵처럼 어두웠다.

그래도 작렬하는 햇빛 속에서 몇 시간이나 벌목 작업을 하면서 악취에 질렸던 사람들은 잘됐다 싶은 얼굴로 공터로 들어섰다.

모든 사람이 숲을 벗어나 검은 흙이 깔린 공터로 들어간 그 순간 마치 밤이라도 된 것처럼 시야가 심하게 어두워졌다. 그리고 뭔가 위험한 존재가 노려보는 것처럼 섬뜩한 기분이 느껴져 소름이 돋았다.

'이게 죽음의 기운인가?'

섬뜩하긴 하지만 두렵지는 않았다. 아마도 목에 차고 있는 은 목걸이 성물의 효과인 것 같았다. 뭔가 따뜻한 기운이 몸을 감싸고 있는 것 같았다.

자연스레 일행의 발걸음이 멈추었다.

"라이트!"

타이린이 적절하게 마법으로 주위를 밝혔다. 하지만 일행 주변만 좀 밝아졌을 뿐 빛이 멀리 퍼져 나가지 않았다.

"아무래도 마나장이 펼쳐져 있는 것 같아요."

"이 공간 전체에 말입니까?"

겁을 먹은 것 같으면서 묘하게 열기가 느껴지는 타이린의 말에 가온은 믿을 수가 없었다.

예지몽 속에서라면 모르지만 지금의 가온은 마법에 대해서는 완전히 문외한은 아니다.

이렇게 규모가 큰 마법진을 설치하는 건 결코 쉬운 일이 아니다. 최소 6서클 이상의 고위급 마법사에 순도 높은 마정석들을 포함한 희귀한 재료들, 그리고 정확하게 방위를 산출하고 선을 긋는 도구들도 있어야만 했다.

"마법진에 대해서는 저도 잘 모르지만 햇볕이 쨍쨍 내리쬐는 한낮에 일부 공간만 이렇게 어두워지는 현상은 마법진이 아니면 설명이 되지 않아요. 무엇보다 제 마법의 효율이 크게 떨어져요. 원래 라이트 마법을 펼치면 광구가 이것보다 세 배는 더 커야 하거든요."

그런 거라면 확실히 마법진이 맞는 것 같았다.

"그럼 혹시 마법진을 파훼하는 방법을 아십니까?"

"마법진의 중추에 해당하는 코어를 파괴하거나 마법 효과를 증폭시키는 마정석들을 찾아내서 제 위치에서 이탈시키면 된다고 들었어요. 하지만 대부분의 마법진은 코어는 물론이고 마정석들도 감추어져 있을 뿐 아니라 찾아도 외부 충격이 가해지면 힘이 그쪽으로 쏠리기 때문에 깨부수거나 박힌 자리에서 뽑아내기가 어렵다고 해요."

"그렇군요."

이곳에 정말 사령술사의 던전이 있다면 굳이 마법진을 부술 필요는 없었다. 부순다고 해도 다시 생성될 테니 말이다.

그때였다.

"스켈레톤입니다!"

다 무너져 가는 건물 쪽을 주시하고 있던 스톤이 소리를 질렀다.

'정말 사령술사의 던전이었네!'

스켈레톤의 출현이 가온에게는 반가웠다. 이미 리자드맨 던전을 처리하기로 마음을 먹었기에 이곳에 던전이 없으면 곤란했다.

과연 스켈레톤들이 건물 밖으로 나오고 있었는데 녹슬거나 일부가 깨진 검을 들고 있었다.

그런데 검을 든 놈들만 있는 것이 아니었다. 창을 든 놈도 있었고 조잡한 활과 뼈 화살을 가진 놈들도 있었다.

더 큰 문제는 스켈레톤들이 끝없이 나온다는 점이다. 레벨로 따지면 10에서 15 사이에 불과하지만, 부서져도 머리를 제대로 부수지 않으면 끊임없이 다시 원래 형체로 돌아가는 것 때문에 아주 골치 아픈 언데드였다.

가온은 재빨리 아공간 주머니에서 방패와 둔기인 워 해머를 꺼내 일행에게 나눠 주었다. 둘 다 블랙팬서에게 당한 상인에게서 얻은 전리품이다.

다행히 언데드 중 스켈레톤은 예지몽 속에서 경험해 본 적이 있었다.

　"스켈레톤은 머리통을 박살 내야 해요. 스톤과 퍼슨, 패터는 방패를 들고 화살 공격을 막아요. 헤븐힐은 버프를 걸어 주고, 매디는 신성 마법으로 놈들의 움직임을 둔화시켜요! 그리고 나머지는 워 해머를 들어요!"

　"파이어 볼!"

　타이린이 날린 파이어 볼이 선두에 선 스켈레톤의 해골에 적중하는 바람에 놈들의 걸음이 잠시 멈추어 일행에게 대응할 시간을 주었다.

　스톤과 퍼슨 그리고 패터는 몸 전체를 가릴 수 있는 방패를 두 손으로 잡고 전방에 위치했고, 그사이에 타람과 로에니 그리고 샘슨이 자리했다. 타이린과 헤븐힐은 그 후방이었다.

　"타이린, 계속 파이어 볼을 던져요!"

　둔기로 머리통을 부수는 것 말고도 스켈레톤에게 안식을 줄 수 있는 방법이 바로 화계 마법이다.

　그때 매디가 급하게 주문을 완성했다.

　"홀리 필드!"

　일행이 있는 공간에 신성한 빛이 감싸는가 싶더니 검은색 대지가 황토색으로 바뀌었다.

　그것을 본 가온은 성수를 꺼내 일행이 들고 있는 방패며

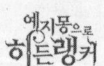

워 해머의 머리 부분에 흠뻑 적셨고 헤븐힐의 버프가 일행에게 들어왔다. 최대 5분 동안 능력치의 10%를 높여 주는 훌륭한 버프였다.

황토색으로 바뀐 대지로 들어온 스켈레톤의 움직임은 신성력 때문인지 대번에 느려졌는데 그래도 뒤에 있던 동료들 때문에 앞으로 밀려 들어왔다.

"홀리 필드와 방패 밖으로 나가지 않도록 주의하면서 놈들을 공격해요!"

가온의 명령이 떨어지자 일행이 공격을 시작했다.

세 방패수가 스켈레톤의 검을 막아 내면 그 사이에 있던 세 사람이 워 해머로 스켈레톤의 머리통을 부수는 방식의 전투였다.

일행의 공격 전술은 단순했지만 효과가 좋았다. 한번 두개골이 부서지면 스켈레톤은 더 이상 움직이지 못하고 얼마 후에는 가루가 되어 버렸다.

세 방패수는 그렇게 쓰러진 스켈레톤들을 부츠로 밟아 뼈를 부수거나 차 버려서 방해되지 않도록 하는 동시에 쏟아지는 검과 창 그리고 화살을 막아 냈고, 타람 남매와 샘슨은 워 해머로 스켈레톤의 머리 부위를 가격했다.

가온은 따로 공격을 하지 않고 상황을 지켜봤다.

홀리 필드는 아쉽게도 채 1분도 지속되지 못하고 사라졌다. 그리고 다시 홀리 필드가 펼쳐진 것은 약 2분이 더 지나서였다. 쿨 타임이 2분인 모양이다.

일행은 스켈레톤을 제대로 공략하고 있었지만 전황을 지켜보는 가온의 얼굴은 밝지 않았다.

'너무 많아!'

벌써 두개골을 부수고 파이어 볼로 머리를 태워 버린 스켈레톤만 마흔 마리가 훨씬 넘는데 남은 놈들은 물론 아직도 건물에서 나오는 놈들이 있었다.

그런데 스켈레톤들의 움직임이 바뀌었다. 자신들을 향해 줄지어 직진하는 것이 아니라 넓게 산개한 상태로 다가오고 있었다.

아마 지금 진형을 그대로 고수하면 곧 놈들에게 포위될 수 있기 때문에 후퇴를 해야 할 것 같았다.

"타이린!"

"왜요?"

벌써 파이어 볼을 5개나 연속해서 날린 타이린이 주문을 영창하다가 멈추고 피곤한 얼굴로 물었다.

"일정한 방향으로 바람을 세게 불게 할 수 있습니까?"

자신도 윈드 마법을 쓸 수 있지만 세기나 방향까지 정확하게 조절할 수는 없었다.

"가능해요."

"그럼 내가 신호를 하면 스켈레톤 쪽으로 바람을 최대한 강하게 불게 해 주십시오."

"알았어요."

가온은 리자드맨 던전 속에 있는 히든 던전에서 얻은 물품 중 하나를 꺼냈다.

그건 대형 분무기였다. 레드브라운 마탑을 배신한 마도사가 어떤 마법 실험에 사용한 건지는 몰라도 용도는 확실했다.

분무기에 성수를 가득 담은 가온이 손잡이를 잡고 자신을 보고 있는 타이린에게 고개를 끄덕였다.

"윈드!"

1서클 마법이지만 3서클 마법사가 펼쳐서 그런지 바람의 세기도 아주 강해서 멀리까지 불었다.

가온은 그 바람 속으로 성수를 분무했다. 그러자 에어로졸 상태가 된 성수들이 바람에 실려 스켈레톤들에게 날아갔고, 대번에 놈들이 괴로운 듯 몸을 뒤틀었다.

"헤븐힐, 이것 좀 대신 해 줘요!"

헤븐힐에게 분무기를 맡긴 가온이 옆으로 돌아서 홀리 필드 밖으로 나갔다. 그런 그의 양손에는 워 해머가 들려 있었다.

가온은 양손잡이다. 원래 왼손잡이인데 어릴 때부터 오른손잡이 훈련을 받았기 때문에 그렇게 되었는데, 덕분에 이럴 때는 아주 유용했다.

퍽! 퍽!

성수에 맞아서 움직임이 굼뜬 스켈레톤들이 도저히 따라잡을 수 없는 빠르기로 움직이면서 양손으로 쉴 새 없이 워해머를 휘두르자, 가온이 지나간 길에는 머리통이 부서지고 이내 가루로 변하는 스켈레톤들이 즐비했다.

그렇게 가온이 활약을 하자 당장 스켈레톤의 압박이 눈에 띄게 줄어들었다. 그러자 고무된 방패수들도 일제히 방패를 내려놓고 워 해머를 들고 스켈레톤들을 공격하기 시작했다.

뼈 화살이나 긴 창이 위험할 때가 있었지만 바람에 멀리 날려 간 성수로 인해서 움직임이 느려진 놈들이라 크게 위험하지는 않았다.

헤븐힐이 걸어 준 버프의 지속 시간이 거의 끝나갈 때는 더 이상 움직이는 스켈레톤은 없었다. 더 이상 나오는 놈들도 없었다.

일행은 그제야 겨우 안도하며 숨을 골랐다. 너무 흥분해서 격하게 날뛰었기 때문에 다소 지친 것이다.

"와아! 레벨이 올랐어요!"

"전 2나 올랐어요!"

안내음에 놀란 헤븐힐과 매디가 환호했다.

스켈레톤의 숫자는 세 본 것은 아니지만 대충 200마리 정도가 되는데, 레벨이 낮아서 그런지 가장 공헌도가 높은 가온은 전혀 변화가 없었는데, 헤븐힐과 매디는 낮은 공헌도로도 레벨이 오른 것이다.

그나마 뼛가루 속에서 보이는 최하급 마정석들이 좀 위안을 주었지만, 지금은 그것들을 수거할 여유가 없었다.

가온은 또 다른 언데드가 곧 건물 밖으로 나올 거라고 예측했다.

그래서 잠시 숨을 돌린 일행은 그가 내린 새로운 지시를 이행했다.

사람들은 가온을 따라 뒤로 되돌아가서 쓰러진 통나무들을 끌고 와서 폭 5미터의 공간을 두고 양옆에 쌓기 시작했다.

'공격은 한 방향으로만 하게 만들어야 해!'

스켈레톤이라서 다행이지 지능이 높거나 민첩한 언데드라면 순식간에 일행을 포위할 수 있었다.

스톤과 퍼슨은 가온의 의도를 제대로 읽고 먼저 적당한 굵기의 나뭇가지를 잘라서 말뚝처럼 땅에 박았다. 그리고 통나무가 들어갈 수 있는 간격을 두고 또 다른 나뭇가지를 박았다.

그렇게 통나무들을 고정시킬 말뚝들이 완성되자 그 안에 통나무들을 집어넣자 가운데는 폭 5미터의 공간을 두고 2미터 높이의 목책이 완성되었다.

그때 가온이 예상했던 또 다른 언데드가 모습을 드러냈다.

던전 밖으로 나온 것은 좀비였다. 레벨은 15에서 20 사이로 스켈레톤보다 까다로운 놈들이다.

좀비는 머리가 약점인 것은 같지만 다른 게임의 그것과 달리 빠르게 뛸 수도, 기민하게 움직일 수도 있었다.

"매디는 홀리 필드를! 헤븐힐은 버프를 준 후 타이린과 합을 맞추어서 성수를 뿌려요! 스톤, 퍼슨, 패터는 방패를 들고 타람, 로에니, 샘슨은 무기를 창으로 바꿔서 놈들의 머리를 공격해요! 놈들에게 물리거나 손톱에 긁히지 않도록 조심해요!"

일행은 지체하지 않고 가온의 지시대로 따랐는데, 타람과 로에니 그리고 샘슨은 창이 없어 난감한 얼굴을 했다.

그때 가온이 달려와서 아공간에서 창을 되는대로 꺼내 그들 뒤에 놔두었다. 물론 도끼창과 함께 챙겼던 것들이다.

"급할 때는 투창을 하도록 해요! 스톤, 퍼슨, 패터는 아까처럼 전황이 바뀌면 자의적으로 판단해서 방패 대신 창으로 공격을 해도 돼요!"

가온은 연발석궁과 볼트를 꺼낸 후 볼트의 촉에 성수를 묻힌 후 장전통에 담기 시작했다.

'이번에도 200마리 정도일까?'

단순한 공격밖에 할 줄 모르는 스켈레톤과 달리 좀비는 지능도 높은 편이고 무엇보다 저돌적이고 빠른 공격을 하는 놈들이라서 상대하기가 좀 까다로웠다.

먼저 홀리 필드가 생성되고 곧이어 빠르게 달려오는 좀비들을 향해 비말 형태의 성수가 바람을 타고 날아갔다.

'확실히 성수가 통하네.'

스켈레톤보다는 효과가 떨어졌지만 당장 선두에서 달려오는 놈들의 속도가 눈에 띄게 느려졌다. 그래서 뒤에서 달려오던 놈들과 부딪혀 넘어지는 바람에 엉망으로 뒤엉켰다.

하지만 놈들을 공격할 시간적인 여유는 없었다. 거리도 좀 있었지만 곧 놈들이 일어나거나 네발로 땅을 짚으며 빠르게 달려오고 있었다.

슉! 슉! 슉!

볼트가 빠르게 날아가서 좀비의 미간이나 이마를 관통했다.

좀비는 머리통을 자르거나 머리를 부수지 않고 이렇게 바람구멍만 만들어도 죽는다. 아니, 소멸된다.

가온은 집중을 최고조로 높여서 좀비를 저격했다. 원래라면 그보다는 스톤이나 퍼슨 부자가 더 놈들을 잘 저격할 수 있겠지만, 지금은 방패로 놈들의 접근을 차단하는 쪽이 더 중요했다.

순식간에 열 발이 다 되었는지 손잡이를 당겼는데 볼트가 더 이상 나가지 않았다.

재빨리 장전통을 갈아 끼운 가온은 또다시 볼트를 발사하기 시작했다.

갈수록 볼트가 날아가는 간격이 좁아졌다. 그만큼 좀비들이 가까워진 것이다.

크아아악!

스켈레톤과 달리 좀비는 섬뜩한 괴성을 지르며 일행을 향해 돌진했는데, 다행히 세 사람이 나란히 붙여서 세운 방패선을 뚫지는 못했다.

잠깐 방패들이 벌어진 틈 사이로 타람과 로에니 그리고 샘슨이 창으로 좀비의 머리통을 찔렀다. 두개골이 단단하기는 하지만 그들의 힘으로도 충분히 뚫거나 부술 수 있었다.

하지만 곧 일행은 위험한 상황이 되었다. 방패에 달라붙은 좀비들은 물론 그 뒤로 붙은 놈들로 인해서 스톤과 퍼슨 그리고 패터가 비틀거리며 뒤로 밀리기 시작한 것이다.

결국 방패 사이가 벌어지자 그 사이로 좀비들이 머리를 들이밀었다.

세 창수들이 열심히 창질을 하고 있지만, 좀비들이 다시 죽은 놈들을 껴안고 밀어붙이자 위험한 상황이 벌어졌다.

심지어 어떤 놈들은 방패에 매달린 좀비들의 몸을 밟고 방패 위로 얼굴을 올리기도 했다.

"타람과 샘슨도 방패를 들어요!"

좀비는 뼈밖에 없는 스켈레톤에 비해 무게가 나가고 죽어도 뒤에서 밀어붙이는 다른 좀비들 때문에 세 명으로는 놈들의 미는 힘을 막기가 힘들었다.

결국 가온은 창으로 좀비를 공격하던 세 명 중 두 명에게 스톤과 퍼슨 그리고 패터를 돕게 했다.

때마침 쿨 타임이 끝나 다시 걸어 준 버프 덕분에 다섯 명은 겨우 좀비들을 막아 낼 수 있었지만 무너지는 건 시간문제였다.

다른 방법을 생각해야만 했다.

히든 던전의 실험실에 있던 대형 분무기 덕분에 성수를 기체 상태로 좀비들에게 뿌려 놈들의 능력은 약화시켰지만, 이걸로는 부족했다.

'아! 될지 모르겠지만 일단 해 보자.'

위험한 상황이니 더 이상 고민할 시간이 없었다.

이 세계는 지금도 영주성을 벗어난 지역에서는 마정석 등이 아니라 기름으로 불을 밝혔다.

그 연료는 해안 쪽에서 잡는 고래에서 짜낸 기름으로 마정석 등의 가격이 갈수록 하락하면서 현재 가격은 그리 높지 않았다.

잡화점에서 마구잡이로 쇼핑을 할 때 가온도 현지인 일행이 비가 와 야외에서 불을 피울 때를 대비해서 기름 몇 통을 샀는데, 그게 떠오른 것이다.

"타이린, 파이어 볼을 준비해 줘요!"

아공간 주머니에서 고래 기름이 들어 있는 커다란 자루를 꺼낸 가온은 주둥이를 단단히 묶은 줄을 풀었다. 양인지 염소인지 모를 가축의 위로 만든 자루의 좁은 입구는 밖으로 돌출되어 있었다.

가온은 일행이 방패로 좀비의 접근을 막고 있는 공간의 양쪽 통나무 목책을 날아다니듯 이동하면서 고래 기름을 좀비들을 향해 뿌렸다.

고래 기름 자루 5개가 다 비워졌을 때는 방패와 목책에서 20미터 안쪽에 있는 모든 좀비의 머리와 몸에 기름이 적당히 뿌려졌다.

가온의 행동을 보고 뭘 하려는지 눈치를 챈 타이린은 그의 지시가 떨어지기만 기다렸다.

"지금!"

가온의 소리를 듣는 순간 타이린은 파이어 볼을 계속해서 만들어서 몸에 기름이 적셔진 좀비들을 향해 날렸다.

화라락!

파이어 볼은 고래 기름에 붙어서 순식간에 좀비들을 불덩어리로 만들었고 놈들이 걸친 걸레 같은 옷까지 타는 바람에 거세게 주위로 확산되었다.

좀비들을 밀어내고 있던 방패의 겉면이 가죽이고 좀비들 때문에 고래 기름이 자연스럽게 발라지는 바람에 불이 붙기도 했지만 스톤과 퍼슨 그리고 패터는 손을 떼지 않았다.

"더 밀어!"

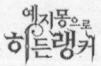
예지몽으로
히든랭커

오히려 방패에 더 힘을 주어 거세게 좀비들을 밀어냈다.

결국 고래 기름 세례를 받은 좀비들은 기괴한 비명을 지르며 빠르게 타 죽어 갔고 열린 유일한 통로를 막고 있던 방패 쪽으로 달려들었던 놈들도 그 운명을 빗겨 가지 못했다.

나머지 좀비들은 거센 화염 때문에 감히 접근하지도 못했지만, 주입된 명령 때문인지 다른 곳으로 가지는 않고 엉거주춤 서 있었다.

그런 놈들은 가온이 날리는 볼트를 피하지 못했다.

얼마 후 연기와 화염의 기세가 현저히 약해지고 숯 덩어리처럼 타 버린 좀비들이 이리저리 쓰러진 모습이 일행의 시야에 들어올 때는 더 이상 움직이는 좀비는 보이지 않았다.

가온은 숯 덩어리에서 서서히 소멸되는 좀비들 사이를 돌아다니면서 마정석들을 주웠다.

마지막으로 소멸된 좀비가 남긴 마정석을 줍는 순간 가온의 머릿속에 안내음이 전해졌다.

-전 서버 최초로 좀비 무리를 압도적으로 사냥하는 공적을 세웠습니다! 보상으로 칭호와 아이템을 획득합니다!

-레벨이 2 상승합니다!

스켈레톤보다 레벨이 높은 좀비를 대량으로 사냥해서 그런지 이번에는 레벨도 2나 올랐지만 그것보다는 공적 보상이 마음에 들었다.

'이게 얼마 만에 받는 보상이야!'

역시 전 서버 최초의 보상이 최고였다.

하지만 지금은 보상 내용을 확인하고 있을 한가한 때가 아니다.

'언데드라면 구울까지는 예상해야 해!'

잔뜩 경계하고 기다렸지만 폐허가 된 건물은 더 이상의 언데드를 뱉어 내지 않았다.

"일단 좀 쉽시다!"

아직도 매캐한 연기와 썩은 고기가 타는 악취는 여전했지만 그래도 일단 휴식을 취하기로 했다.

일행은 방패의 하단을 바닥에 깊게 박아서 그 자리에 세워 두고 그 뒤에서 숨을 고르거나 물을 마시며 휴식에 들어갔다.

"다들 괜찮아요?"

"화상도 입었고 손목 인대가 늘어났는지 시큰하고 통증이 있기는 한데, 견딜 만합니다."

스톤의 말에 퍼슨과 패터도 마찬가지 상황인 듯 연신 붉게 변한 손으로 손목을 주물렀다. 버프를 받았다지만 다들 무리를 한 것이다.

가온은 그들에게 바로 포션을 주려고 했다. 근육에 손상이 있거나 인대가 늘어난 정도는 하급 포션만으로도 충분히 치료할 수 있었다.

그런데 그때 헤븐힐과 매디가 나서서 힐과 홀리 큐어로 사람들을 치료했다.

'역시 힐러가 있어야 해!'

하급 포션 가격이 10실버 내외인 점을 고려하면 더욱 그랬다.

그렇게 사람들이 불편해하는 부위를 치료한 헤븐힐과 매디가 이번에는 가온에게 다가왔다.

"온 님은 괜찮아요?"

매디의 질문에 가온은 고개를 끄덕였다.

"대체 어떻게 기름까지 챙겨 올 생각을 한 거죠? 아, 그게 중요한 게 아니고 저 레벨이 또 올랐어. 벌써 3레벨이 올랐어요!"

"언니, 저도 올랐어요. 이번에는 저도 3레벨 올라서 오늘만 5레벨이 높아졌어요."

공헌도가 낮아도 레벨이 낮기 때문에 이런 결과가 나온 것이다.

그때 사람들이 가온 주위로 모여들었다.

"대장, 던전에 들어갈 거야?"

"대장?"

패터의 물음이 중요한 게 아니라 그중 한 단어가 이상했다.

"당연히 대장이지. 다들 대장을 믿고 여기까지 온 거니까."

"맞는 말이긴 하네. 어차피 온 님이 우리를 이끌고 스켈레톤에 이어 좀비들까지 무난하게 사냥을 할 수 있게 했으니까."

"이름을 부르는 것보다는 그 호칭으로 부르는 편이 낫겠어요."

"나도 찬성!"

졸지에 무리의 대장이 되었는데 사람들은 별로 신경 쓰는 눈치가 아니었고, 지금은 그런 단어에 신경 쓸 상황도 아니었다.

"안에는 구울과 망령 혹은 사령술사 본인이 있을지도 모릅니다. 그래서 나 혼자 결정할 일은 아니라고 생각합니다. 여러분의 의견을 듣겠습니다."

"언데드 사냥 준비를 확실히 해 온 대장이니, 저는 대장의 판단을 믿겠습니다."

뜻밖에도 거메인의 호위인 샘슨이 그렇게 말하자 다들 동의의 표시로 격하게 고개를 끄덕였다.

'이들은 내가 미리 준비를 했다고 믿는구나.'

그건 아닌데 공교롭게도 자신이 즉각적으로 떠올린 아이디어들과 마구잡이로 사들인 물품들이 제대로 효과를 발휘했기 때문에 그렇게 생각하는 것이다.

아무튼 사람들이 자신을 신뢰하는 것만을 확실했고, 그런 믿음의 대상이 된 것에 마음이 아주 뿌듯해졌다. 그리고 그만큼 자신감도 높아졌다.

"난 들어가려고 합니다. 다만 좀 쉰 후에 말이지요."

"그렇게 하지요. 안 그래도 언데드 던전은 처음이라 기대가 큽니다."

가장 먼저 모험가인 퍼슨이 그렇게 말했는데 반대는 없었다. 좀비의 경우 스켈레톤보다는 상대하기 어려웠지만 그렇다고 목숨의 위협을 받은 것은 아니었다.

그리고 위급한 상황이 생겨도 가온이 어떤 식으로든 해결해 줄 거라는 믿음이 있기에 두려움보다는 기대와 호기심이 더 강했다.

하지만 가온은 내심 크게 걱정을 하고 있었다.

만약 건물 안에 구울이 있다면 얘기가 좀 달랐다. 구울은 앞서 사냥한 스켈레톤과 좀비와는 차원이 다르다. 완벽한 언데드가 아니라 생과 사의 경계에 걸쳐진 존재로 평균 레벨만 해도 무려 40 이상으로 오크 전사장에 필적하는 놈이다.

주로 시체를 뜯어먹고 사는 구울은 오크에 필적하는 괴력을 지니고 있으며, 어지간한 타격에는 고통조차 느끼지 못할 뿐 아니라 지능이 교활할 정도로 높아서 상대하기는 더욱 힘들었다.

'몰려오지만 않으면 돼.'

던전 내부가 어떻게 생겼는지는 몰라도 툭 터진 곳에서 놈들에게 포위되지만 않으면 자신이나 동료들의 실력으로 충분히 상대할 수 있었다.

그래도 준비할 건 있었다. 가온은 성수를 더 꺼내서 분무기로 화살과 볼트, 방패는 물론이고 일행의 온몸이 푹 젖도록 뿌린 후 은도금 검을 나눠 주었다.

사람들은 육포와 빵으로 허기를 채우고 가온의 진입 명령이 떨어지기를 기다렸다.

한참을 기다리며 휴식을 취한 가온 일행은 더 이상 언데드가 나오지 않자 조심스럽게 건물 안쪽으로 진입했다.

폐허가 된 건물은 단층이었는데 안은 텅 비어 있었고 다만 아래로 내려가는 계단이 있었다.

일행은 방패를 든 패터와 가온을 선두로 두 사람씩 짝을 지어 원형 계단을 내려가기 시작했다.

실내는 의외로 어둡지 않았다. 계단의 벽에 일정한 간격으로 발광석이 박혀 있었다. 그래서 굳이 라이트 마법까지는 필요 없었다.

그렇게 원형 계단을 돌아서 내려온 지하 1층은 텅 비어 있었다. 그리고 더 아래로 내려가는 또 다른 계단은 30여 미터가 떨어진 반대편에 있었다.

"아무래도 기분이 좀 이상한데."

패터가 그 말을 할 때 반대편 계단을 누군가 올라오는 기척이 났다.

"매디!"

미리 말해 둔 대로 매디는 가온이 자신을 부르는 순간 이제 막 머리 부분이 나타난 상대를 향해 홀리 애로를 날렸다.

팍!

끄아아아아!

홀리 애로에 머리가 꿰뚫린 상대는 끔찍한 비명을 지르며 위로 올라왔다.

"구울이다!"

가온이 인상을 찡그리며 소리쳤다.

구릿빛 피부에 사타구니와 얼굴에는 털이 수북하게 난 장대한 체구의 구울은 흡혈귀에 비견되는 날카로운 송곳니와 붉은 눈을 가지고 있는데, 어나더 문두스의 설정에서는 주로 생식은 물론 썩은 고기를 먹는다고 하며 특히 인간의 고기와 피를 즐긴다.

예상과 달리 홀리 애로를 맞은 구울은 바로 죽지 않았다.

그 상태에서도 일행을 향해 무서운 기세로 달려왔다.

하지만 기다렸다는 듯이 헤븐힐이 놈을 향해 분무기로 성수를 뿌리자 이내 둔탁한 소리와 함께 바닥에 쓰러지고 말았다.

가온은 날듯이 달려가서 놈의 심장에 은도금한 검을 깊이 찔러 넣고 손목을 돌렸다.

구울은 머리를 완전히 부수거나 심장을 파괴해야만 했다. 구울은 특히 다른 언데드와 달리 심장의 피를 통해서 강력한 재생 능력까지 가지고 있어 심장을 철저히 파괴해야만 했다.

그때 계단 위로 또 다른 구울이 올라왔다.

역시 기다렸다는 듯 매디가 날린 홀리 애로가 놈의 머리통을 꿰뚫었지만, 놈 역시 바로 죽지 않고 3개의 방패를 앞세우고 그쪽으로 향하던 일행을 향해 달려오다가 성수를 흠뻑 덮어쓰고는 쓰러졌다.

이번에도 마무리는 가온이 했다.

그런데 그 순간 이번에는 두 놈이 동시에 올라왔다. 그 바람에 한 놈은 홀리 애로에 맞지 않은 상태가 되어 버렸다.

놈은 무서운 기세로 달려왔고 스톤이 들고 있던 방패와 부딪혔다.

"크윽!"

대번에 스톤이 뒤로 밀리며 넘어지려는 것을 바로 뒤에 있던 타람이 잡아 주었다.

그때 로에니가 열린 방패 사이로 빠르게 은도금을 한 검을 찔러 넣었다.

푹!

정확하게 심장을 파고든 은도금을 한 검에는 성수까지 듬뿍 발린 상태라 그녀가 가볍게 손목을 돌리자 구울이 비명을 지르며 발광하더니 힘없이 쓰러졌다.

그때 가온은 다른 한 놈을 마무리하고 날듯이 달려서 아래로 내려가는 계단 입구에 도착한 상태였다.

불쑥!

계단 위로 머리통 2개가 올라왔다.

사람들이 가리는 바람에 이번에는 매디가 홀리 애로를 날릴 수도 없는 상황이었다.

가온은 할 수 없이 은도금을 한 검을 빠르게 횡으로 휘둘렀다.

턱!

목뼈가 얼마나 단단한지 반쯤 파고들더니 걸려 버렸고 가온은 은도금한 검을 놓고 뒤로 물러났다. 그 상태에서도 구울이 무서운 힘으로 계단 위로 올라오고 있었다.

가온은 물러나는 와중에서도 검대에 꽂혀 있던 흑검을 빼들어서 마침 가슴 높이까지 올라온 다른 구울의 심장을 빠르게 찔렀다.

푹! 파앗!

끄아아아아!

심장이 파열된 구울은 끔찍한 비명을 토하면서도 계단 위로 올라섰다.

놈이 가온을 향해 붉은 눈을 부릅뜨고 손으로 검을 잡으려고 했지만, 흑검은 이미 빠져나가 비틀거리는 놈의 심장을 완전히 난도질해 버렸다.

그렇게 두 구울을 해치운 가온은 이제 막 위로 올라오려는 머리통을 차례로 힘주어 밟아서 아래로 밀었다.

"타이린! 헤븐힐!"

타이린과 헤븐힐이 힘을 합쳐 성수를 기체화시켜서 계단 아래쪽으로 날려 보냈고 가온은 여전히 위로 올라오고 있지만, 힘이 다소 약해진 구울들의 머리를 발로 강하게 밟아서 아래로 밀었다.

잠시 후 매디가 일행은 물론 계단의 입구까지 포함한 공간을 홀리 필드로 만들었다.

이제부터 상대할 구울의 능력은 대략 3할 정도 낮아질 것이다.

가온은 더 이상 구울이 올라오는 것을 막지 않았다.

앙헬

구울들은 계속해서 올라왔지만 사람들은 침착하게 놈들을 죽였다.

성수로 인해서 3할가량 전투력이 낮아진 상태에서 홀리 필드로 인해 더 능력이 낮아진 놈들은 심장과 머리통을 노린 볼트와 창 그리고 은도금한 검이 날아오는 것을 막을 수 없었다.

물론 마무리는 가온이 했다. 흑검으로 심장을 완전히 찢어 버리면 되기 때문에 굳이 은도금한 검을 쓸 필요도 없었다.

타이린도 거들었다. 그녀는 파이어볼로 머리통을 통째로 태워 버렸다.

그렇게 구울들이 쓰러지면 타람과 샘슨이 사체가 공격에

방해되지 않도록 발을 잡아서 뒤쪽으로 끌어가 버렸다.

그때부터는 사냥이 아니라 단순 작업이 되어 버렸다.

혹시 모를 구울의 돌진을 막기 위해 스톤과 퍼슨이 방패를 들고 그 뒤에서 패터와 로에니가 석궁으로 성수에 적신 볼트와 창으로 구울의 머리와 심장을 꿰뚫는다.

가온이 흑검으로 마무리를 하면 타람과 샘슨은 바로 구울의 사체를 옆쪽으로 끌어내어 뒤로 옮겼다. 물론 타이린과 헤븐힐은 짝을 이루어 성수를 계단 아래쪽으로 계속 날렸다.

마지막으로 매디는 쿨 타임이 끝나는 즉시 일행과 계단 입구를 포함한 공간을 계속 홀리 필드로 만들었다.

그렇게 10여 분이 지나자 이번에는 다른 종류의 구울들도 올라오기 시작했다.

"굴라입니다!"

굴라는 여성형 구울로 추남의 전형인 구울과 달리 날카로운 송곳니와 긴 손톱 그리고 붉은 눈을 제외하고 인간이 보기에는 상당한 미인형 외모를 가지고 있었다.

"제기랄!"

불룩 튀어나와 흔들리는 풍만한 유방이나 짙은 음모로 덮인 음부를 드러냈기 때문에 남자들은 순간 당황할 수밖에 없었다. 마치 대항할 힘이 없는 여자를 향해 무기를 날리는 기분이 들었던 것이다.

"굴라도 언데드입니다! 계속하세요!"

외모가 어떻건 굴라도 인간의 살과 고기를 탐하는 언데드였다. 사령술사나 흑마법사가 만드는 것이 아니라 구울과 굴라가 교합을 해서 새끼를 낳는 다른 종류였지만 말이다.

그런데 굴라가 구울과 같이 올라오기 시작한 지 얼마 되지 않아서 매디의 신성력이 고갈되어 버렸다.

지상에서와 달리 초기에 홀리 애로를 몇 번 사용했던 영향이 좀 큰 것 같았다.

"빨리 회복해!"

아직 무난하게 사냥을 하고는 있었지만 일행의 안전을 위해서는 홀리 필드가 반드시 필요했다.

매디가 빠진 영향은 바로 나타났다. 구울이나 굴라의 능력이 올라가서 그런지 머리통이 먼저 올라오던 것이 손들까지 함께 올라오는 바람에 볼트와 창이 잡히거나 빗나가는 경우들이 생기기 시작한 것이다.

그 결과 죽지 않고 방패를 향해 돌진하는 놈들까지 나오기 시작했다.

결국 가온은 힘을 아끼지 않고 빠르게 움직이면서 일행을 돕기 시작했다. 여전히 마무리를 전담했지만 석궁을 꺼내 성수에 담근 볼트를 발사하기도 했다.

그렇게 구울이 나타난 지 30분 정도가 지나 정신없이 사냥하던 일행 중 일부가 힘이 다해 전권에서 이탈하려고 할 때 사냥이 끝이 났다. 구울과 굴라가 더 이상 올라오지 않았다.

"허억! 허억!"

무위가 낮은 스톤과 퍼슨 부자는 그 자리에서 대자로 누워서 거친 숨을 연신 몰아쉴 정도였다.

지치긴 다른 이들도 마찬가지였다. 자신의 역할이 다른 이들과 톱니바퀴처럼 정교하게 맞물리지 않으면 위험할 수 있었기에 다들 집중해서 최선을 다했기 때문에 무척이나 힘들었다.

"후유! 죽겠다!"

가온은 아그레브에서 구입한 체력 포션을 일행에게 나눠 주었다.

하급이기는 하지만 단기간에 소모한 체력을 보충해 주고 쌓인 피로물질을 제거하는 효과가 있었다.

그렇게 일행이 포션을 마시고 휴식을 통해 힘을 되찾는 동안 계단 쪽 경계는 가온이 맡았다.

역시 생각했던 대로 뒤늦게 올라오는 구울과 굴라가 있었다.

다행한 건 한 마리씩이었기에 일행의 도움을 받지 않고 혼자서 충분히 처리할 수 있다는 것이다. 기체 상태로 분무된 성수가 얼마나 아래로 퍼졌는지, 놈들이 제 기량을 펼치지 못하는 것도 큰 도움이 되었다.

구울과 굴라가 더 이상 올라오지 않은 지 10여 분이 지난 후 마침내 모든 사람의 몸 상태가 회복되어 가온도 쉴 수가 있었다.

　가온도 체력 포션을 마신 후 빠르게 마력 서킷을 돌렸다.
　위이잉.
　던전 내부에 짙게 깔려 있던 죽음의 기운이 그의 몸 안으로 빨려 들어왔다.
　하지만 걱정할 필요는 없었다. 청류 마력 서킷을 돌리면 성질이 어떻든 순수한 마나만 흡수할 수 있으니 말이다.
　얼마 후 마나가 원 상태가 회복되자 마력 서킷을 멈추었다.
　'이럴 때는 마나 통이 작아서 다행이네.'
　몸 상태는 체력 포션 덕분에 원래 상태로 회복되어 있었다.
　그때 기다렸다는 듯 안내음이 전해졌다.

　-전 서버 최초로 구울족을 압도적으로 사냥하는 공적을 세웠습니다!
보상으로 칭호와 아이템을 획득합니다!
　-레벨이 3 상승합니다!

　보상이 궁금했지만 확인할 시간은 없었다. 그저 던전에서 5레벨 상승한 것에 대한 기쁨만 즐길 수 있을 뿐이다.
　그런데 뭔가 찜찜했다.

'왜 보스가 안 나타난 거지?'

구울이 끝이 아니라는 건가?

의아해진 가온이 자리에서 일어나자 기다렸다는 듯 사람들이 모여들었다.

"온 님, 나 이번에는 3레벨이나 올랐어요!"

"저도 3레벨이나 올랐어요! 여기 정말 대박이에요!"

헤븐힐과 매디가 잔뜩 흥분한 얼굴로 방방 뛰었다. 구울에 비해 레벨이 많이 낮은 상태에서 공헌도가 높게 잡힌 것이다.

"전리품이 제법 많이 나왔습니다."

스톤과 퍼슨이 전리품들을 챙겨서 가지고 왔다.

가장 많은 숫자는 마정석이었다. 구울과 굴라가 좀비보다 격이 높은 언데드라서 그런지 대부분 중하급 마정석을 가지고 있었다.

검은색이라는 점이 특이했던 놈들의 마정석은 크기나 광택으로만 보면 중하급에서 하급 정도는 될 것 같은데, 다 합해서 200개나 되었다.

그런데 이번에는 다른 전리품이 나왔다. 던전 안이라서 그런지 스크롤과 아이템이 나온 것이다.

대충 확인해 보니 스크롤들은 3서클 이하의 마법이 인챈트된 것들이었고, 포션은 치료와 해독 그리고 마력 회복용이었다. 거기에 강화석이 10개가 나왔다.

특이한 것은 흰색의 오브가 달린 지팡이 하나와 세 자루의 검이었는데, 퍼슨이 아이템 감정서를 사용해서 검을 감정하더니 깜짝 놀랐다.

"재질이 강철이 아니라 언데드의 뼈를 가공해서 만든 것 같은데 상대의 피를 흡수해서 체력과 마력을 회복하는 효과가 있는 검들입니다."

"회복율은 얼마나 될까요?"

"그것까지는 모르겠지만 오랜 난전 상황에서 꼭 필요한 검입니다."

그러고 보니 전리품을 배분하지 않았다.

가온은 타람과 로에니 그리고 샘슨에게 이 검들을 넘겼다. 더 아래로 내려가기 위해서는 일행의 전투력을 높여야만 했다.

타람은 아까 퍼슨이 감정 결과를 설명할 때부터 유난히 관심을 보이더니, 받은 검으로 자신이 지금까지 써 온 검을 내리쳤다.

챙강!

날카로운 금속성과 함께 그가 이제까지 써 온 은도금한 검이 부러지고 말았는데, 절단면이 예리했다.

"부가 효과를 생각하지 않더라고 강도나 절삭력 면에서도 좋은 검이군요. 감사합니다!"

함께 본 소드를 받은 로에니와 샘슨도 감사 인사를 했는데, 얼굴도 무척 밝았다. 검사에게 좋은 검이란 오랜 친구 이상의 존재였다.

"혹시 이 지팡이도 감정이 가능합니까?"

"마침 감정서가 딱 한 장 남았습니다."

아이템 감정서는 10실버나 하기 때문에 퍼슨도 가진 양이 많지 않은 모양이다.

"오! 이것도 아주 훌륭한 기능을 가지고 있습니다. 마법 증폭률 50%에 마법 피해를 30% 줄여 준다고 합니다."

가온은 퍼슨이 지팡이를 감정할 때부터 눈을 빛내고 있던 타이린에게 마법 지팡이를 건네주었다.

"정말 감사해요! 이런 아이템을 꼭 가지고 싶었어요! 지금 쓰고 있는 지팡이는 증폭률이 겨우 30%밖에 안 되었거든요. 전 앞으로 나올 어떤 전리품도 포기할게요."

타이린은 어지간히 기쁜 모양인지 전리품을 포기한다고 선언하기까지 했다.

그러자 앞서 검을 받은 세 사람 역시 전리품 분배에서 빠지겠다고 선언했다. 이 정도면 족히 100골드를 호가하기 때문에 충분히 만족했다.

"그나저나 더 내려갑니까?"

"다들 어떻게 생각합니까?"

"더 아래쪽에는 뭐가 나올까요? 구울과 굴라 다음은……."

이번에 사냥한 구울과 굴라만 해도 원래 이 정도 인원으로는 감히 사냥할 엄두도 내지 못하는 언데드였다.

만약 놈들이 올라오는 계단 입구를 틀어막고 이런 식으로 하나 혹은 둘씩 처리할 수 있어서 다행이지, 이놈들이 미리 이곳으로 올라와서 대기한 상태였다면 아마 일행 중에서도 사망 혹은 중상을 입은 이들이 나왔을 것이 분명했다.

"제 예상으로는 망령이 있을 것 같습니다."

가온의 말에 퍼슨이 다른 일행에게 망령에 대해 짧게 설명을 해 주었다.

스펙터로 대표되는 망령은 평균 레벨은 좀비와 비슷하지만 눈에 쉽게 보이지 않는다는 점과 물리력이 거의 통하지 않는다는 점 그리고 공격을 허락하면 살이 썩을 뿐 아니라 정신이 약화되고 심할 경우 오염되어 언데드가 될 수도 있었다.

"물리력이 통하지 않는다면 사냥할 방법이 있을까요?"

스톤이 불안한 얼굴로 물었지만 누구도 즉시 대답하지 못했다. 그건 가온도 마찬가지였다.

'나도 들어 보기만 했을 뿐 상대해 본 적은 없는데.'

물론 가온은 예지몽 속에서 구울과 굴라조차 사냥해 보지 못했다.

다들 이쯤에서 접고 물러났으면 하는 눈치였지만, 가온은 생각이 달랐다. 스펙터를 포함한 망령을 사냥하는 방법에 대해서는 들은 적이 있었다.

'하지만 이제 성수도 별로 남지 않았고 죽음의 기운 때문에 이곳에서 오래 지체할 수는 없어.'

빨리 랑트로 귀환할 이유는 없었지만 그렇다고 반 이상 공략한 던전을 이대로 포기하기는 싫었다. 만약 나간다고 하더라도 바로 다시 도전하고 싶었다.

'성수를 분무기로 뿌리면 놈들의 형체를 알아볼 수 있고 은도금을 한 검으로 베거나 찌르면 소멸시킬 수 있다고 했어!'

많은 양은 아니지만 성수도 남았고 대형 분무기도 있으니 충분히 도전해 볼 가치가 있었다.

문제는 계단 아래쪽의 상황을 전혀 모른다는 점이다. 만약 이곳 지하 1층처럼 넓은 공간이라면 분무기로 성수를 분사해서 망령을 찾아내는 것이 어려울 수도 있었다.

다들 불안한 얼굴이었지만 결국 일행은 가온의 의견을 따라 아래로 내려가기로 했다.

당연히 방패를 든 가온이 앞장을 섰다.

계단은 마찬가지로 원형으로 돌아 내려가야만 했는데 벽에 마정석이 박혀 있어서 밝지는 않아도 사물을 알아보는 데는 전혀 지장이 없었다.

지하 2층으로 내려갈 때마다 우려했던 습격은 없었다.

시체 썩는 냄새 같기도 하고 습한 지하의 곰팡이 냄새 같기도 한 냄새로 가득한 지하 2층.

"아무것도 없네?"

다들 기쁜 얼굴이 아니라 의아해하고 있었다.

더 이상 내려가는 계단이 없는데 아무것도 없었기 때문이다.

이곳이 던전의 끝은 맞는 것 같은데 당연히 있어야 할 존재들이 보이지 않으니 영 개운하지가 않다.

'설마 보스는 없는 건가?'

이상한 일이다. 보통 던전에는 보스가 머무는 공간이 따로 있다.

사령술사의 던전이라면 사령술사가 머물던 공간이 따로 있어야 하는데 지하 2층은 위층과 마찬가지로 텅 빈 공간일 뿐이었다.

결론은 눈에 보이지 않은 공간이 더 있다는 것이다.

일행은 뿔뿔이 흩어져서 지하 2층을 샅샅이 뒤졌지만, 숨겨진 공간이나 히든 던전과 같은 중첩 차원을 전혀 찾아내지 못했다.

심지어 퍼슨이 가지고 있는 마력 탐색기를 작동했지만 아무런 반응도 나오지 않았다.

지하 2층으로 내려온 지 30분 정도 지났는데도 상황은 아무런 변화가 없었다.

그렇다고 던전 클리어가 되지 않았는데 나가기도 애매했다.

그래서인지 갑자기 몸이 노곤해지는 것 같았다.

'그런데 왜 이렇게 졸리지?'

마나서킷으로 마나를 회복하고 체력 포션으로 체력까지 회복했는데, 왜 이렇게 졸리는지 모르겠다.

그렇다고 이상한 징후는 전혀 없었다. 뭔가 있어야 수면 약을 뿌리든 수면 마법을 펼치든지 할 것이 아닌가.

둘러보니 다른 사람들도 마찬가지인 것 같았다. 긴장이 갑자기 풀려서 그런 것 같기도 했지만 일단 좀 더 기다려 보기로 했다.

"진형을 유지한 상태에서 잠시 쉬도록 하지요."

가온의 지시가 떨어지자 사람들은 편한 자세로 앉거나 서서 휴식을 취하기로 했는데 금세 졸기 시작했다.

가온 역시 마찬가지였다. 아무리 눈을 뜨려고 해도 눈꺼풀이 너무 무거웠다.

'잠깐만 자자.'

다들 동료를 믿고 까무룩 잠에 빠져들고 말았다.

다디단 타액과 달콤하고 따뜻한 입술이 주는 감각은 너무나 감미로웠다.

얼마나 오래 키스를 했는지 모르겠지만 그래도 입술을 떼

려니 너무 아쉬웠다.

"자기야, 사랑해."

"나도!"

반사적으로 튀어나오는 말을 하면서도 가온의 눈은 상대의 입에 실처럼 이어져 있는 타액에 고정되어 있었다.

슈미즈의 한쪽 어깨끈이 내려가서 하얗고 부드러운 어깨가 드러난 여인은 열기로 붉어진 얼굴로 달뜬 숨을 내쉬며 침을 삼켰다.

"이제 침대로 안아서 데려다줘."

"알았어."

과하게 힘이 들어간 팔뚝이 연체동물처럼 부드러운 감각을 느끼게 만드는 여체를 가볍게 안아 들었다.

두 사람을 기다리고 있는 건 깨끗하고 하얀 시트가 가지런히 씌워진 침대.

"나 책임져야 해. 약속해 줘."

"약속할…… 응?"

여인의 요구에 다짐하듯 약속이라는 단어를 내뱉던 가온이 눈을 끔뻑였다.

'여긴 어디지?'

그러고 보니 자신에게 안겨 있는 여자는 바로 채미령이었다.

그것도 속옷도 입지 않고 얇은 슈미즈만 착용하고 있어 보기 좋게 솟아오른 유방과 도드라진 작은 꼭지가 여실하게 보였다.

'왜 채미령이?'

"아잉! 약속 안 해 줄 거야?"

"으응. 약속해, 약속한다고!"

성숙한 여인의 달콤하면서도 짙은 체향과 숨결이 느껴지는 순간 가온은 반사적으로 여인의 요구대로 말을 해 주었지만 뭔가 이상하다는 생각은 여전했다.

"침대에 눕혀 줘."

어느새 침대 곁에 도착한 가온은 채미령의 애교 섞인 요구에 그녀를 조심스럽게 침대 위에 눕혔다.

'꿈인가?'

채미령에게 호감을 가지고 있기는 하지만 나이 차이가 꽤 많이 나기 때문에 이런 사이가 될 거라고는 전혀 생각하지 못했었다.

그런데 왜 갑자기 이런 상황이 벌어지게 된 걸까?

"키스해 줘."

채미령의 달콤한 요구에 조건 반사적으로 그녀의 얼굴을 향해 상체를 굽혀 얼굴을 내리던 가온은 이건 분명히 꿈이라고 생각했다.

그녀와 이렇게 되기까지의 과정이 전혀 생각나지 않은 것이다.

그 순간 한 가지 생각이 떠올랐다.

–꿈인데 뭐 어때? 이런 꿈이라면 얼마든지 꿀 수 있잖아. 여자가 먼저 요구하잖아. 나도 상대도 성인인데 당연히 해야지.

그런 생각이 들자 또다시 미령의 달뜬 숨결과 달콤한 입김을 맡으며 입술을 탐했다.

그런데 아무리 생각해도 꿈같지가 않았다.

그렇다고 실제도 아닌 것이 첫 키스를 했던 여자 친구는 물론 클럽을 다니면서 원나잇까지 했던 여자들과 했던 키스와는 너무 달랐다.

기대했던 첫 키스의 감흥은 소설이나 영화 혹은 친구들이 하던 얘기처럼 달콤하지도 황홀하지도 깨지도 않았다. 몸만 들떴을 뿐 인체에서 가장 예민한 곳 중 하나인 입술과 입술의 접촉만으로 큰 감동을 받지는 못했다.

클럽에서 만난 여자들과의 키스는 더했다. 술과 담배 냄새에 음식 냄새까지 뒤섞인 묘한 숨결밖에 생각나는 것이 없었다.

그나마 좋은 기억이라곤 구취 제거제 냄새나 가글액 냄새 정도였다.

'난 여자들과 기대했던 뭔가를 하려고 안달이 났을 뿐 사

랑한 건 아니었어.'

　그래서일까 그는 키스라는 행위를 통해서 작은 흥분과 쾌감을 느꼈을 뿐 기대했던 건 전혀 느끼지 못했다.

　그 후 동성이나 이성 선배들 또는 동기들과 키스랄지 섹스랄지 하는 주제로 대화를 나누면서 알았는데, 대부분 그랬다고 했다. 진정으로 사랑할 때나 키스와 같은 행위로 큰 기쁨과 쾌감을 느낄 수 있지, 그렇지 않으면 말초적인 쾌락을 잠시 느끼는 것에 불과하다고.

　그런데 지금 감각은 온몸이 마치 키스를 하고 있는 입술이 된 듯 날카로우면서도 짜릿한 쾌락으로 가득 차 있었다.

　정말 자신이 채미령을 진심으로 사랑하는 걸까?

　왜 갑자기 이런 사이가 된 거지?

　분명히 자신은 그녀와 함께 사령술사의 던전을 공략하던 중에 졸음이 쏟아진 것까지만 기억이 나는데…….

　'헉!'

　기억이 사라진 걸까? 아니면 다시 예지몽을 꾸는 걸까?

　예지몽이라면 이해할 수 있지만 경험상 이렇게 순간이 디테일하지는 않았다. 예지몽은 마치 시간의 흐름을 빨리 돌린 것처럼 자신을 중심으로 한 사건들이 빠르게 흘렀었다.

　'뭐지?'

　그런 의아함을 품고 있으면서도 가온은 달콤한 미령의 입술을 정신없이 탐닉하고 있었고, 슈미즈를 가운데 두고 고무

공처럼 탄력이 느껴지는 가슴을 손으로 희롱하고 있었다.

그런데 정신이 더 아득한 것이 어느 순간부터 미령의 손이 그의 단단한 중심부를 꽉 잡고 리드미컬하게 움직이기 시작했다.

의아함이고 뭐고 다 잊어버리고 쾌락에 집중하려던 순간 숨이 막힌 듯 미령이 입술을 떼고 정이 가득 담긴 눈으로 쳐다봤다.

"기분이 너무 좋아. 자기 키스 너무 잘한다."

"내가?"

"응. 여자 경험이 많은가 봐."

그런 소리는 들어 본 적이 없었다. 당연히 술에 취해서 서로 잠깐 짐승이 되었던 원나잇은 제외다. 뭐 그마저도 몇 번 되지 않지만 말이다.

"아닌데."

"칫! 아니잖아, 다 고백해 놓고."

"내가?"

"응. 우리 사이에 비밀이 어디 있어. 3학년 여름이 끝나갈 무렵에 서울에 올라와서 이웃에 살던 여자와 짧지만 깊이 사랑했다고 했잖아."

그 말을 들은 순간 뜨겁게 달구어지던 몸이 한순간 얼음물을 뒤집어쓴 것처럼 차갑게 식었다.

분명 그런 여자가 있었다, 절망에 깊이 함몰된 그에게

짧지만 안식을 주었던.

하지만 그건 예지몽 속에서 일어난 일이다. 그리고 그 여자는 자신을 진심으로 사랑한 것도 아니었다. 그녀 역시 이런저런 일로 절망감에 허우적거리다가 동류를 보고 동정심에 잠깐 만나 준 것에 불과했다.

무엇보다 3학년 여름은 아직 오지도 않았다. 아직 1학기조차 시작하지 않은 것이다.

그런데 어떻게 일어나지도 않은 연애를 미령에게 얘기했단 말인가.

'이건 꿈도 아니야!'

가온은 예지몽과 현실을 정확하게 구분하고 있었고 예지몽은 말 그대로 꿈이라고 인식하고 있었다.

'그럼 이 여자는 대체 누구지?'

그러고 보니 채미령은 이렇게 도발적이고 끈적거리는 눈빛으로 자신을 볼 여자가 아니다. 자의식도 강하고 무엇보다 혈액공포증 때문에 의사의 길을 잠시 그만두고 쉬고 있는 채미령은 스토커 때문에 남자에게는 별반 관심이 없었다.

그렇게 짧은 순간 가온의 머릿속에서 수많은 가설이 떠올랐다가 사라졌다.

"이제 해 줘."

"응. 그래야지."

말은 그렇게 했지만 정신과 육체는 이미 냉정을 회복했다.

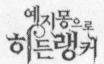

여전히 자신의 단단한 심볼을 손으로 쥐고 있는 상태에서 뼈가 전혀 없는 연체동물처럼 부드러운 여체가 꿈틀거리며 자신을 침대 안쪽으로 끌어들이는 순간 가온은 자신이 들어온 던전이 사령술사의 던전임을 떠올리는 순간 불현듯 한 가지 존재가 생각났다.

'험! 서큐버스!'

잠자는 남자를 홀려서 생기 혹은 생체 에너지를 흡수한다는 존재가 바로 서큐버스였다. 남자라면 누구라도 홀릴 수밖에 없는 미모와 매력을 가진 존재로 판타지 배경의 소설이나 게임에 가끔 등장한다.

그러고 보니 미령이 쥐고 있는 심볼로부터 무언가가 아주 조금씩 빠져나가고 있었다.

아마 성적으로 완전히 흥분한 상태라면 절대로 알아채지 못했을 것이다.

가온은 미령의 얼굴을 하고 있는 서큐버스가 심볼을 쥐지 않은 왼손을 뻗어 목을 휘어잡으려는 순간 왼손으로 그 손을 잡고 오른손으로 미령의 목을 감았다.

"하응!"

듣는 것만으로도 흥분되는 여인의 신음이 순간 식은 가온의 육체를 달구려고 했지만, 차가운 이성이 그걸 눌러 버렸다.

가온은 냉정한 눈으로 달뜬 비음을 토하며 눈을 감고 뜨거운 순간을 기다리는 여인의 목에 감은 오른손에 힘을 주었다.

"커억! 으윽! 왜?"

"서큐버스, 내 꿈속은 네 놀이터가 아니야!"

"크헉! 아, 아니야. 자기야, 장난하지 마! 무슨 소리를 하는 거야?"

서큐버스는 목이 조이는 고통 속에서도 애절한 표정을 지으며 억울함을 토로했지만, 이미 그녀의 정체를 확신하는 가온은 그녀의 목을 감은 팔에 더욱 힘을 주었다.

"컥! 컥! 제, 제발!"

목이 졸리는 고통에 숨도 제대로 쉬지 못하면서도 서큐버스는 필사적으로 애절한 눈빛을 던지고 있었지만, 가온은 더 힘을 주어 목을 조였다.

빠각!

결국 목이 부러졌다.

그 상태로 잠시 더 변화를 살폈지만 죽었는지 아무 느낌이 없었다.

'이렇게 죽은 건가?'

아니다. 정말 서큐버스라면 이렇게 쉽게 죽을 리가 없다.

'그렇다면 확실하게 죽일 수 있는 방법이…… 아!'

불현듯 깨달았다. 이건 자신의 꿈이다. 서큐버스가 수면을

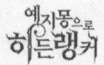

유도했겠지만, 자신의 꿈이니 의지대로 하는 것도 가능할 것이다.

가온의 추측이 맞았다. 아공간 팔찌를 간절하게 떠올렸더니 나타난 것이다.

아공간 팔찌에서 남은 여분의 성물 목걸이와 단검을 꺼낸 가온이 죽은 것처럼 굳어 있는 서큐버스의 목에 목걸이를 걸었다.

"크아악!"

갑자기 목이 부러진 서큐버스가 비명을 지르며 발광을 했다.

그렇지만 단단하게 목을 감은 가온의 오른팔은 꿈적도 하지 않았다. 그리고 이젠 은은하게 신성력을 방출하고 있는 단검을 쥐고 심장을 노렸다.

심장을 찔러 소멸되지 않으면 머리를, 그게 아니면 온몸 구석구석을 모두 찌르고 그것도 통하지 않으면 난도질해서 태워 버릴 작정이다.

목숨이 경각에 달리자 미령의 모습이 바뀌기 시작했다.

'역시 서큐버스가 맞구나. 전해지는 얘기대로 미모는 끝내주네.'

말로 표현하기 힘들 정도로 극미의 매력을 자아내는 서큐버스는 노출이 심한 검은색 미니드레스를 입고 있었고 등 뒤에는 광택이 나는 검은색의 얇은 날개를 달고 있었다. 그리고 마족답게 땅에 닿는 긴 검은색 꼬리가 달려 있었다.

가온은 노출이 심한 서큐버스의 실체(?)를 보고 자신도 모르게 마음이 크게 흔들렸지만 애써 참았다.

그런 서큐버스가 눈물을 뚝뚝 흘리며 그에게 애원하고 목을 움켜쥐고 있어서 소리는 들리지 않았다.

'가만! 그냥 죽이는 건 너무 쉽잖아. 대체 이 던전과 무슨 관계인지 확인하자.'

그런 마음으로 목을 움켜쥔 손에서 살짝 힘을 뺐다.

"제발 살려 주세요!"

"왜 내가 그래야지? 던전의 보스를."

서큐버스가 이 던전의 보스가 틀림없었다.

모험가들이 우연히 그 숲에 들어왔다가 스켈레톤이나 좀비를 봤거나 음침한 분위기를 보고 던전이라는 사실은 짐작했지만, 애초에 망령이나 사령술사 따위는 없었다.

"전 던전의 보스가 아니에요. 보스는 사령술사라고요. 제발! 살려 주시면 보답을 할게요!"

이제 단검이 심장 바로 위까지 도착한 상태라서 그런지 서큐버스가 다급하게 외쳤다.

보스건 아니건 큰 문제는 아니다. 대신 서큐버스가 언급한 '보답'이라는 단어에 흥미가 돋았다.

"어떤 보답?"

"뭐든지요."

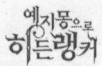

"네가 대체 뭘 할 수 있지?"

"제가 제일 잘하는 건 약간의 정기를 받고 대신 성욕을 만족시켜 주는 거예요."

"그건 필요 없어."

아무리 아름다운 외양과 매력을 가진 서큐버스이고 관계를 맺으면 도저히 잊을 수 없는 황홀한 쾌락을 느낄 수 있다고 해도 굳이 자위행위와 같은 짓으로 만족하고 싶지는 않았다.

"전 상대방의 꿈을 통해서 상대의 생각과 기억을 읽을 수 있어요."

그거라면 좀 마음에 들기는 했다. 상대의 생각과 기억을 읽을 수 있다는 건 아주 매혹적인 능력이다.

잠시 고민을 하는 사이에 자신의 말이 통하지 않는다고 느꼈는지 서큐버스가 다시 입을 열었다.

"꿈을 통해서 암시, 세뇌도 가능해요!"

상대를 암시하거나 세뇌한다니 더욱 구미가 당겼지만 아무런 내색도 하지 않았다.

"그런 쓰레기 같은 능력밖에 없는 거야?"

"그, 그게…… 아공간, 엄청나게 큰 아공간이 있어요!"

그건 정말 끌렸다.

"얼마나 큰데?"

"아직 제가 성장 중이라서 현재는 지하 2층의 100배 정도에 불과하지만, 인간들이 쓰는 아공간 아이템과 달리 정해진 물건을 의지만으로 넣고 뺄 수 있어요. 그런 아공간을 쓸 수 있게 해 드릴게요."

자신처럼 대상 물체에 손이 닿아야만 하는 것이 아니라 의지만으로 수납이 가능하다는 점이 마음에 쏙 들었다.

"그럼 네가 창고 관리자와 같은 역할을 할 수 있다는 거지?"

창고 관리자라는 말에 서큐버스의 얼굴이 순간 일그러졌다가 정상으로 돌아오며 거세게 고개를 끄덕였다.

"그건 좀 쓸 만하네. 그런데 내가 널 어떻게 믿고?"

"맹세할게요. 온 님의 생이 끝날 때까지 주인님으로 모시고 봉사를 할게요."

"그러니까 네 맹세를 어떻게 믿느냐고?"

"루, 루님을 두고 맹세를 할게요."

"루?"

루는 탄 대륙 사람들이 믿는 주신이다.

설정은 따로 없었다. 다만 가온이 이곳 주민들에게 들은 바로는 루가 대지의 여신이나 자애의 여신 등 다양한 모습으로 강림하기 때문에 신전은 여러 개로 나뉘어 있을 뿐 본질은 유일신인 루라고 다들 믿었다.

다만 다른 모습일 때는 해당하는 권능만 발휘할 수 있다고 믿었고 유일신인 루를 따로 모시는 신전은 존재하지 않았다.

"루에게 하는 맹세라고 해서 내가 믿을 수 있을 것 같아?"

"믿어도 돼요! 루님은 최고 마신의 본신이기도 하니까요. 그래서 우리와 같은 마족이라도 루님을 걸고 한 맹세는 거역할 수 없어요!"

가온이 믿을 기미가 없어 보였는지 서큐버스가 필사적으로 외쳤다.

만약 이 서큐버스의 말이 맞는다면 아주 놀라운 일이다. 사람들이 최고의 선신(善神)으로 믿는 유일신인 루가 실은 최고의 마신(魔神)이기도 하다는 뜻이니 말이다.

물론 그런 건 지금 가온에게는 아무런 관심도 끌지 못했다.

"좋아! 일단 맹세부터 해!"

"아, 알겠어요. 중간계에 오롯이 존재하는 유일한 서큐버스 퀸인 앙헬라 레비소스 잉카이트는 최고위 마신의 진신(眞身)인 루님 앞에 소멸을 걸고 맹세합니다. 온, 아니 가온 님의 종이 되어 주인의 생이 끝나는 순간까지 봉사를 하고자 합니다."

맹세를 듣던 가온은 이 존재가 단순한 서큐버스가 아니라 퀸이라는 사실에 주목했다.

"내 명령을 거역할 경우 소멸에 버금가는 고통을 감수하는 내용을 추가하자. 내게 해가 되는 행위 역시 하지 못하는 내용도."

"알겠어요. 가온 님의 말을 거역하거나 해가 되는 행위를 할 경우 소멸에 버금가는 고통을 당할 것이며 인간 가온의 생이 끝나는 순간까지 하녀로서 봉사를 하고자 합니다."

그때 맹세의 진위를 말해 주듯 꿈속임에도 불구하고 하늘에서 신성하면서도 어두운 빛 무리가 두 사람에게 쏘아지듯 내려오더니 둘의 몸을 한 바퀴 휘감고는 손목과 손목 사이를 이었다.

'이 정도 퍼포먼스면 믿어도 되겠지?'

얼마 후 가온의 손등에는 자세히 봐야만 보이는 검은색 원이 새겨졌다.

"이건 뭐지?"

"맹세의 징표예요, 제가 주인님의 종이라는."

"종은 좀 그렇고 부하로 하지."

종이라는 단어는 좀 거부감이 들었다.

"알겠어요."

이 정도라면 믿어도 될 것 같았다.

사실 믿지 못해도 별다른 방법은 없었다.

'아니면 말고.'

사실 서큐버스의 맹세를 강요한 건 가온에게 일종의 변덕이다. 자신은 또 다른 현실이라고 생각하고는 있지만, 게임이기 때문에 서큐버스도 일종의 NPC로 활동하는 것이기에 굳이 소멸까지 시킬 필요는 없었다.

징표까지 생겼으니 더 이상 위협을 할 필요가 없어 성물인 단검을 거두었다.

"주인님."

"왜?"

가온도 아주 예쁜, 그러나 여우처럼 영악하고 악마답게 잔인한 위험한 존재지만, 루에게 한 맹세가 있기에 오히려 든든한 기분이 들었다.

"그런데 주인님의 기억이 왜 이래요?"

"뭐가?"

"혹시 시간 회귀를 한 거예요? 동일한 시간대에 두 가지 기억이 존재해요. 하나는 희미하지만……."

아무래도 잠이 든 동안 자신의 기억을 읽은 모양이다. 예지몽 속에서 경험했던 삶과 지금 살고 있는 삶이 다르니 헷갈릴 만도 했다.

"그런 게 있어. 그런데 넌 보통 어디에 머무르는 거냐? 널 어떻게 부르면 되는 거야?"

예지몽에 대해서 밝히기 싫어서 화제를 돌렸다.

"저야 이제 맹약에 얽혀 이제부터 주인님에게 귀속되었으니 당연히 주인님의 영혼 속에서 살게 되었어요. 그러니까 소리를 내지 않고 그냥 생각만 해도 저와 대화를 할 수 있어요. 이름은 편한 대로 불러 주세요."

"좋아. 그럼 널 앙헬로 부르지. 그런데 내 영혼 속에서 지

낸다고?"

그렇게 되면 그의 모든 것을 앙헬이 공유하게 된다. 누군가 자신의 비밀을 엿본다고 생각하자 바로 거부감이 들었다.

"그동안 흡수한 정기가 얼마 되지 않아서 평소에는 인간이 잠을 자는 것처럼 지내니까 걱정할 필요 없어요. 충분히 성장할 때까지는 주인님의 부름이 있을 때만 깨어날 거예요."

그렇다면 다행이지만.

"그런데 넌 어디에서 온 거냐? 마계?"

"저도 잘 모르겠어요. 원래는 하급 언데드 던전이었던 이곳에 자리를 잡은 사령술사가 모종의 마법으로 저를 이곳에 강림시킨 것 같은데, 제가 깨어났을 때는 그자가 가수면에 들어가 있었어요."

"가수면?"

"네. 육체는 거의 활동을 멈추었는데 영혼은 아직 육체에 남아 있어요."

"리치가 되려고 한 걸까?"

"그건 아닌 것 같아요. 라이프 배슬과 같은 건 없으니까요. 아무튼 제가 아는 건 그자의 흐트러지기 직전의 사념에서 얻은 것들이고 저 자신에 대해서 아는 건 많지 않아요."

서큐버스는 마족이다. 그래서 마족이 어떻게 태어나는지 알 수 있을까 기대했는데 앙헬은 아무것도 모르고 있었다.

"잘 모른다고? 그런데 어떻게 이런 능력을 쓸 수 있는 거지?"

"저희와 같은 존재는 본능적으로 존재를 인식하고 어떻게 힘을 키워야 하는지, 어떻게 능력을 발현하는지 알 수 있어요."

뭐 마족이란 존재는 알려진 것이 거의 없으니 그럴 수도 있을 것 같았다.

"앙헬, 너는 이곳에서 그동안 얼마나 많은 생명을 해친 거야?"

"해치긴요. 사령술사의 잔류 사념과 그가 남긴 사기를 흡수해서 얼마 전에 겨우 스켈레톤과 좀비를 제어할 수 있게 되었단 말이에요. 더구나 이곳은 찾는 이가 거의 없어서 제 능력이 닿는 거리까지 나가도 인간은 만나기 힘들어서 주로 마수와 몬스터로부터 정기를 흡수해 왔어요. 당연히 그 정기는 질이 낮아서 큰 도움이 되지 못했다고요."

"그럼 인간의 정혈을 흡수한 적은 없었던 거야?"

"네. 던전의 사기를 흡수한 덕분에 최근에야 간신히 던전 밖으로 나갈 수 있게 되어서 마수와 몬스터로부터 저급한 정기를 흡수한걸요. 불과 얼마 전에 간신히 제 존재와 능력에 대해 어느 정도 자각할 수 있었어요."

"그럼 이 던전의 보스인 사령술사는 어디에 있는 거지?"

"지하 2층의 한쪽에 일종의 아공간이 있는데 그곳에 있어요. 저도 그곳에서 깨어났어요."

아무래도 가수면 상태에 있다는 사령술사는 안전텐트와 비슷한 공간을 만들어 둔 것 같았다.

"언데드들은 정말 네가 만든 건 아니라는 거지?"

"네. 사령술사가 만든 것도 아니고 원래 있었던 것으로 알고 있어요."

그럼 원래의 언데드 던전을 사령술사가 차지하고 새로운 보스가 되었다는 말인데, 던전에 대한 지식이 많지 않아서 그런지 잘 이해가 되질 않았다.

"그럼 구울과 굴라는 사령술사가 만든 거야?"

"그것도 아니에요. 걔들은 1년 전쯤 병사들을 끌고 온 자들과 그들이 고용한 용병들이에요. 실력이 제법이어서 제가 있는 지하 2층까지 내려왔는데, 죽음의 기운에 잠식되어 가사 상태에 빠져 버렸어요. 저는 그자들이 모두 죽은 줄 알았는데 두 달 전인가 던전에 있는 사기의 영향을 받아서 갑자기 구울이 되더라고요. 정말 제가 만든 게 아니에요. 이제 겨우 움직일 정도로 성장한 상태가 되었고 꿈을 매개로 활동하는 제가 왜 귀찮게 이렇게 쓸모없는 저급한 것들을 만들겠어요."

이제야 이곳이 그동안 잘 알려져 있지 않은 사실을 이해할 수 있었다. 아마 몇 년이 지났다면 앙헬의 세는 엄청나게 커지고 신전을 포함한 토벌대들이나 심지어 레벨 업에 환상한 플레이어들도 찾아왔을 것이다.

"정말 네가 이 던전의 보스는 아닌 거지?"

"당연하지요. 이런 하급 던전은 제 격에 어울리지 않아요. 제가 이래 봬도 서큐버스 퀸이라고요. 아직 권속이 없어서 분신들을 만들어서 부려야 하지만요."

'서큐버스 퀸이 내 권속이 되다니 아공간을 관리하는 능력 외에 최소한 암시나 세뇌는 가능하겠네.'

가온에게 서큐버스 퀸인 앙헬은 아직 그 정도의 가치밖에 없었다.

앙헬이 어떻게 자신이 서큐버스 퀸이라는 사실을 알 수 있는지 궁금했지만 그것보다 더 궁금한 것이 있었다.

"그런데 이 던전에 더 이상의 언데드는 없는 거야?"

"원래 자이언트 구울 한 쌍이 있었어요. 구울 중 강한 개체 십여 마리가 서로 잡아먹고 먹히면서 만들어진 반언데드들인데 하도 징그러워서 제가 없애 버렸어요. 그리고 스펙터와 같은 망령들도 있었는데, 제가 소멸시켰어요."

생각해 보니 구울 중에 보스로 짐작되는 압도적인 몸집이나 능력을 가진 개체들은 없었는데, 앙헬이 이미 소멸시켜 버린 것이다.

현실인지 예지몽 속인지는 알 수 없지만 어디선가 들은 것 같은데, 서큐버스나 인큐버스라는 존재는 외모만 뛰어난 것이 아니라 깨끗한 환경을 좋아한다고 했다.

'가만!'

문득 떠오르는 생각이 있었다.

"앙헬, 너, 서큐버스야? 인큐버스야? 혹시 상황에 따라서 모습을 바꿀 수 있는 거야?"

분명 그런 내용을 어디에서 들은 것 같았다. 몽마, 즉 서큐버스는 정혈을 흡수할 대상이 여성일 경우 남성형인 인큐버스로 변하기도 한다고 말이다.

"제 정체성은 서큐버스예요. 하지만 분신으로는 인큐버스로도 존재할 수도 있지요. 어차피 제가 생존하려면 남자든 여자든 지성체의 정기가 필요하니까요."

"어지간하면 인큐버스로는 활동하지 마라. 징그러우니까."

꿈에 인큐버스가 나타날 수도 있다는 생각만으로도 소름이 쫙 끼쳤다.

"알겠어요."

"가만, 그럼 지금 네 분신이 내 동료들의 꿈으로 들어가서 정기를 흡수하고 있는 건가?"

"……."

대답이 없는 것을 보니 그런 모양이다.

"그, 맹약에는 포함되지 않았지만 저희 관계가 주인과 종이니만큼 주인님은 제 생존을 위해서 노력해야 할 의무가 있어요."

뭐 그거야 당연한 일이다.

"뭐가 필요한데?"

"제가 주기적으로 정기를 흡수할 대상을 정해 줘야 해요. 안 그러면 제가 독단적으로 움직일 수밖에 없다고요."

"반드시 꿈속으로 들어가야 하는 거지?"

"지금은 어쩔 수 없지만 전 퀸이기 때문에 어느 정도 성장하면 그런 제약은 사라져요. 밤에만 활동할 수 있는 것도 아니고요."

그렇다면 큰 문제는 없었다. 상대가 기력이 탈진할 정도까지 정혈을 흡수하지 말라고 금제를 걸면 되니 말이다.

'나만 해도 괜찮았고.'

지금은 그런 경우가 거의 없지만 한창 성호르몬이 왕성하게 분비되던 2, 3년 전만 해도 주기적으로 몽정을 하는 일이 종종 있었다.

'아닌가?'

사실 예지몽을 꾸고 나서 몸을 단련하기 시작하면서 예전처럼 가끔 몽정을 하기도 한다.

몽정을 했다고 해서 크게 몸에 이상이 있는 것은 아니었다. 오히려 성욕이 해소되어 야한 생각을 많이 하지 않게 되는 긍정적인 효과도 있었다.

"그럼 네 분신과 함께한 야한 꿈에 대한 기억을 지울 수도 있는 거지?"

"당연하지요. 아예 꿈을 꾸지 않은 것으로 만들면 돼요."

그렇다면 다른 일행이 앙헬의 분신을 통해 야한 꿈을 꾸었다고 해도 아예 기억하지 못하게 만들면 된다.

"좋아. 내 동료들로부터 정기를 흡수하는 것을 허락하지. 대신 대상이 가지고 있는 정기의 1%를 넘으면 안 돼! 그리고 꿈 자체를 기억하지 못하도록 하고."

1% 정도라면 거의 지장이 없을 것이다.

정기 흡수를 허락받고 환하게 웃던 앙헬은 단서를 걸자 입술을 삐죽 내밀었지만, 크게 불만을 드러내지는 않았다.

"알겠어요. 그런데 제 능력이 아직 낮아서 본인이 강한 호감을 가지고 있는 대상에 대한 꿈을 꾼다면 완벽하게 그 내용을 지울 수 없다는 것만 알아 두세요."

"거야 할 수 없지."

평소에 사랑하는 상대와 야한 꿈을 꾸는 거라면 그 내용을 지울 수 없다는 뜻이리라.

"그런데 네가 찾았다는 사령술사의 숨겨진 공간은 어디야? 아! 먼저 잠에서 깨어나야겠구나."

"주인님이 깨어나면 안내해 드릴게요."

"그런데 넌 다른 인간들에게 보이는 거야?"

"아니요. 제가 귀찮아서 모조리 소멸시킨 망령들처럼 물리적인 존재가 아니니 보이지도 인식할 수도 없어요. 물론 주인님이 원하면 눈에 보이는 모습으로 헌신할 수도 있지만 지금은 힘이 너무 부족해요."

그렇다면 다행이다. 이런 모습으로 나타난다면 일행에게 뭐라 할 말이 없었다. 외모야 눈이 돌아갈 정도로 아름답지만, 강렬한 색기는 그렇다 치더라도 검은색 꼬리를 보면 마족이라는 사실을 눈치챌 수밖에 없었다.

"잠에서 깨려면 어떻게 해야 하지?"

"제 능력으로 재운 거니까 그냥 깨겠다는 의지만 세우면 돼요."

그럼 빨리 일어나는 게 나았다.

"아! 내 동료들은 더 재워도 돼."

굳이 히든 던전까지 같이할 필요는 없었다. 뭔가 혼자 독식하려는 것이 아니라 사령술사의 던전이라 혹시 해가 될까 싶어서였다. 귀중한 건 이미 앙헬이 챙긴 것 같으니까.

"그럼 3%까지만 흡수하면 안 될까요? 그 정도면 주인님이 말씀하신, 창고 관리자 일을 제대로 할 수 있을 것 같아요. 그 정도면 대상들도 아무런 변화를 느끼지 못할 거고요."

"정말 지장이 없는 거 맞아?"

"네. 마수와 몬스터는 5%까지 흡수해도 변화를 못 느끼더라고요."

잠시 고민하던 가온은 고개를 끄덕였다. 어쨌거나 앙헬이 자신의 권속이 되었으니 최소한의 힘은 쓸 수 있는 게 좋을 것 같았다.

던전 클리어

　잠에서 깨어난 가온은 자신의 눈앞에 날고 있는 앙헬을 보고 일어난 일이 실제라는 사실을 깨달았다.

　일어나서 주위를 둘러보니 일행은 이곳이 마치 침실이라도 되는 것처럼 편한 자세로 누워서 자고 있었다. 정말로 좋은 꿈이라도 꾸는지 상기된 얼굴로 미소를 짓고 있어서 가온도 양심의 가책이 덜했다.

　'어디야?'

　─저만 따라오세요.

　'그런데 그 복장 좀 어떻게 해라.'

　앙헬은 아직도 미니드레스를 입고 있었는데 대체 누굴 모델로 한 건지 너무나 육감적이어서 자신도 모르게 바지 가운데 부분이 불룩 솟아 버렸다.

－주인님은 어떤 복장이 좋아요? 메이드, 아니면 교복 그 것도 아니면 군복?

대체 자신의 어떤 기억을 읽은 거기에 이렇게 말하는 것일까?

'아!'

그러고 보니 앙헬의 현재 복장은 글로벌 아이돌 그룹의 한 멤버가 했던 복장이다. 안 그래도 퇴폐적인 미소가 매력인 그녀는 뮤직 비디오에서 속옷이 보일락 말락 한 미니드레스를 입고 전 세계 젊은 남자들의 눈길을 한눈에 사로잡았었다.

가온은 앙헬을 탓하기보다는 자신의 숨겨진 음습한 성향이 부끄러웠다.

'저기 누워 있는 로에니처럼 바꿔.'

로에니는 중세 수도사의 사제복처럼 얼굴만 겨우 드러나는 로브를 입고 있었다.

－싫어요. 저건 여자의 옷이 아니라고요. 모름지기 암컷이라면 수컷을 유혹할 수 있는 그런 옷을 착용해야 하는 거라고요.

'안 돼!'

이런 차림이라면 더 이상 앙헬을 불러낼 수 없었다. 자칫 사람들 앞에서 실수할 수 있을 것 같았다. 아니, 틀림없이.

-쳇! 알았다고요. 그럼 이렇게 바꾸면 어때요?

바꾼다는 것이 육감적인 몸이 더욱 도드라지게 쫙 달라붙는 얇은 가죽옷이어서 여전사와 같았지만 고혹적인 매력은 숨기지 못했다.

그래도 아까보다는 훨씬 나았다. 앙헬이 걸을 때마다 맨살이 반 이상이 드러나는 앞뒤의 큰 사과 2개의 움직임은 굉장히 유혹적이었지만 검은 꼬리 때문에 흥분이 많이 상쇄되었다.

그래도 현실에서 이 정도 모습은 온갖 미디어를 통해 꽤 많이 접했기 때문에 곧 흥분 상태가 가라앉았다.

-흥! 목석!

'뭐라는 거야?'

-몰라요! 그리고 사령술사가 있는 공간의 입구는 이쪽이에요. 안쪽에는 위험 요소는 전혀 없어요.

앙헬이 공간 이동하듯 옮겨 간 곳은 일행이 이미 몇 번이나 살펴본 한쪽 구석이었다.

육안으로 보면 다른 곳과 다름이 없는 벽에 불과했지만 가온이 마력 탐색 스킬을 사용하자 일렁이는 마나장의 존재가 희미하게 감지되었다.

쑥!

그의 몸은 벽에 부딪힐 것 같더니 그냥 사라져 버렸다.

-보스 룸에 입장합니다.

그 안내음을 들은 가온은 좀 아쉬운 생각이 들었다. 사령술사가 배치해 두었던 가디언은 앙헬이 없앴으니, 사냥을 통해 레벨 업은 할 수 없었다.

사령술사가 있는 공간은 일행이 지금 자고 있는 공간과 비슷한 크기로, 한쪽에는 문이 열려 있는 방들이 줄지어 있었고 파괴된 석상들이 이곳저곳에 쓰러져 있었다.

-석상에 사령술사의 가디언인 망령들이 봉인되어 있었어요.

사실 앙헬이 아니었다면 골치가 아플 뻔했다. 어쨌거나 망령과 같은 존재들은 상대하기가 여간 힘든 것이 아닐 테니 말이다.

'사령술사는 어디 있지?'

-저기에 있는 관 안에 들어 있어요.

앙헬이 가리킨 곳에는 한눈에도 불길해 보이는 관이 놓여 있었다.

가서 열어 보니 마치 리치처럼 뼈에 거죽만 씌워 놓은 것 같은 사체가 들어 있었다.

'앙헬, 사령술사는 어떻게 처리해야 제대로 소멸시킬 수 있지?'

미라처럼 보이는 사령술사지만 현재 놈은 가수면 상태로

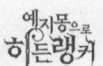

에너지 소모를 최소화시킨 상태로 여전히 살아 있었다.

－혹시 부활과 관련된 사령술을 익히고 있을지도 모르니 머리를 자르고 심장을 부순 후 사체를 아예 태워 버리는 게 가장 좋아요.

앙헬의 대답은 아주 살벌했지만 사령술사라면 그렇게 처리해야 안심할 수 있었다.

가온은 관을 부순 후 일단 놈의 벌어져 있는 입안에 성수를 붓고 성물인 단검으로 머리를 자른 후 심장을 완벽하게 터트렸다. 머리를 자르려고 했을 때 사령술사의 몸이 잠깐 경련하듯 떨린 것 같았지만 멈추지 않았다.

그리고 관의 파편과 여기저기에서 가져온 목재를 쌓은 후 사체를 올리고 불을 붙이는 것으로 끝장을 냈다.

'그나저나 왜 코어가 안 보이지?'

보통 던전의 경우 보스룸에 코어가 있고 그 크기가 커서 눈에 확 들어온다.

－코어는 여기 있어요.

앙헬이 입에서 뭔가를 뱉어 냈는데 놀랍게도 주황색 보석으로 현재 앙헬의 입 크기와 비교하면 엄청나게 컸다.

'그걸 왜 삼키고 있었던 거야?'

－코어의 에너지 중 제가 흡수할 수 있는 것이 있거든요.

코어에서 에너지를 흡수한다는 말은 처음 들었지만 마족이니 그러려니 했다.

'그럼 이 코어를 부수면 던전은 리셋되는 게 맞지?'

─네. 아마도요. 하지만 사령술사의 던전이 아니라 언데드 던전으로 리셋될 거예요.

가온도 그렇게 생각하고 있었다. 사령술사는 언데드 던전을 중간에 차지했으니 말이다.

─아!

갑자기 앙헬이 뭔가 깨달은 얼굴로 경호성을 터트렸다.

'뭔데?'

─방금 사령술사의 영혼이 소멸하면서 남긴 사념과 접속했는데 주인님이 성물을 가지고 있지 않았다면 위험했을 거예요. 원래 그자의 영혼은 아직 미라가 된 육체에 여전히 머무르고 있거든요.

'그게 왜 위험해?'

가수면 상태였다니 영혼이 아직 육체를 못 벗어난 것은 당연했다.

─대충 머리를 자르거나 심장을 터트리는 것만으로 사령술사는 죽지 않아요. 던전에 가득 차 있는 사기로 보물에 정신이 팔린 인간이 인지하기 전에 오염시킨 후 영혼을 쫓아내고 그 자리에 자신이 들어가려고 했단 말이에요. 제가 사기를 미리 흡수했기 망정이지 큰일이 날 뻔했다고요.

가온은 앙헬의 말을 듣고 내심 깜짝 놀랐다. 얼마나 놀랐는지 온몸에 소름이 가득 돋아날 정도였다.

역시 사령술사는 그냥 죽은 게 아니었다. 소설에서나 언급 되었을 영혼전이(靈魂轉移)와 같은 고위급 술법을 펼쳐 둔 것 이다.

'리치보다 더 위험했겠네.'

정말 모르고 들어왔으면 당했을 가능성이 높았다. 자신은 항마력(抗魔力)이나 항사력(抗邪力)이 있는 사제가 아니었으니 말이다.

앙헬 덕분에 사령술사가 만든 던전에 들어왔음에도 아무 런 이상도 느끼지 못했고 그녀가 사기를 이미 흡수한 덕분에 일말의 위험도 피할 수 있었다.

'고맙다, 앙헬.'

―호홋! 뭘요. 주인님도 절 배려해 주셨잖아요.

배려를 해 주었다는 건 아마도 동료들로부터 꿈을 통해 정 기의 3%를 흡수하는 걸 용인해 준 것을 말하는 것일 터다.

'그런데 이곳에서 내가 챙길 만한 것이 있니?'

―인간이 탐낼 것이 많지요.

'그래?'

하긴 보물에 정신이 팔린 사이에 사령술사의 영혼이 육체 를 빼앗으려고 했다니 흔한 보물은 아닐 것이다.

―일단 아공간 아이템도 있고 두루마리 형태의 아이템과 빛나는 금속도 꽤 많아요.

아공간 아이템이라는 말에 가온의 눈이 확 뜨였다.

'어디 있어?'

─이쪽으로!

앙헬이 안내한 방은 가장 안쪽에 있었는데 한쪽에는 침대가 있는 것으로 봐서는 사령술사가 평소에 잠을 자던 공간인 모양이다.

앙헬이 날아가서 침대 맡에 있는 작은 협탁의 서랍을 열었다.

'팔찌네.'

─제 아공간보다 용량은 작아요.

'바로 사용할 수 있나?'

앙헬도 아공간을 가지고 있다는 내용에 잠시 흥미가 생겼지만 이내 팔찌에 집중했다.

'각인된 사기로 출납하는 방식인데 제가 사기를 다 흡수해 버렸기 때문에 인식이 풀려 있으니까 상관없어요.'

그 말에 기존의 팔찌를 차지 않은 손목에 팔찌를 차고 아공간 주머니처럼 아이템에 집중하니 안쪽이 보였다.

'12 × 12칸?'

기존의 팔찌와는 달리 인벤토리와 같은 방식의 아공간 아이템인데, 144라는 어마어마한 숫자의 칸이 있었다.

─칸당 동일한 종류의 물건을 100개까지 넣을 수 있고 개당 중량은 1톤, 부피는 1천 입방미터가 상한선이에요.'

미친!

하마터면 크게 외칠 뻔했다. 이 정도면 전설 등급에 해당한다.

잔뜩 흥분한 가온이 아공간 내부를 더 자세히 살펴보니 3분의 1에 해당하는 칸에는 이미 물건으로 채워져 있었는데, 사령술사답게 약초나 뼈와 해골 등 기괴하게 생긴 물건들이 대부분이었다.

흥미를 잃은 가온은 이번에는 그 밑의 서랍을 열었다.

화악!

보물들이 뿜어내는 빛에 눈앞이 환해졌다.

'심봤다!'

그중에는 휘황찬란한 빛을 발산하고 있는 보석과 금화도 있었고 은화들도 있었는데, 아쉽게도 마정석은 제법 많았지만 대부분 하급이었다.

그런데 금화 중에 이질적인 형태의 금화들이 꽤 많이 보여서 그중 하나를 꺼내 살펴보았다.

'이건 뭐지?'

'사령술사의 잔류 사념에 의하면 그건 바르듐이라는 금속이 포함된 금화예요.'

'바르듐?'

─흩어지기 직전의 사념에서 얻은 지식이라 자세히는 모르겠지만, 마계에는 흔해도 중간계에 거의 없는 바르듐은 마나 전도율이 거의 100%에 가까운 금속으로 강철 합금으로

만들면 엄청난 무기를 만들 수 있다고 해요.

그럼 미스릴보다 더 귀한 금속이다. 어나더 문두스의 설정에 따르면 미스릴은 마나 전도율이 70% 수준이었다.

'대체 어디에서 쓰던 금화지?'

그거야 알 수 없지만 확실한 건 이 금화가 엄청난 가치를 가지고 있다는 것이다. 일단 바르듐에 대해 알고 있는 이들이 있어야 하지만 말이다.

'제대로 건졌군.'

이 맛에 던전을 공략하는 것이다.

마지막 세 번째 서랍에는 연금술 재료로 사용하려고 한 듯 금가루와 은가루 그리고 보석과 마정석 가루가 각각 수십 자루씩 들어 있어 더욱 기뻤다.

그렇게 협탁 서랍에 들어 있는 보물들을 확인한 가온은 이번에는 던전의 방들을 하나씩 조사했다.

'식료품이 꽤 많은데 상하지 않았네.'

리자드맨 던전 안에 있던 히든 던전의 경우 마도사가 던전을 제대로 완성하지 못했지만, 사령술사는 제대로 마법진을 펼쳐 둔 결과였다.

그런데 사령술사의 식성은 의외로 평범했다. 선반에는 도축한 고기 덩어리들과 약간 말라 있는 채소 그리고 과일이 다양한 종류의 향신료들과 함께 가득 놓여 있었다.

ㅡ이 공간에 보존 마법과 시간의 흐름을 늦추는 마법진이

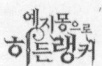

설치되어 있어서 그래요.

그렇다면 먹을 수 있으니 일단 챙겨 두기로 했다.

다른 방들은 대부분 마수나 몬스터의 뼈나 가죽 혹은 사체가 가득했는데, 무슨 짓을 했는지 몰라도 멀쩡한 것이 전혀 없었다.

아공간 팔찌를 얻지 못했다면 굳이 챙길 생각이 들지 않겠지만 아직 여유가 많으니 모조리 챙겼다.

마지막 방은 가장 컸는데 사방 벽에는 마법서를 포함한 책들은 물론 다양한 재료들이 유리병에 밀봉된 상태로 책장 혹은 장식장에 놓여 있어서 연구실이나 실험실 같았다.

중앙에는 거대한 테이블이 놓여 있었고 절반은 고기를 자르는 데 쓰는 것 같은 거대한 칼이 달린 기계 장치부터 시작해서 다양한 기구들이 고정되어 있었다.

'그래도 챙기자.'

어차피 이 던전은 클리어할 생각이다. 히든 던전은 지난번에도 겪어 봤듯 일단 한번 클리어되면 더 이상 생성되지 않는다.

그렇게 던전에 있는 거의 모든 것을 챙긴 가온은 코어를 부수고 앙헬과 함께 밖으로 나왔다.

밖으로 나온 순간 들려오는 안내음이 무척 반가웠다.

-고위급 사령술사의 던전을 클리어하는 업적을 세웠습니다. 보상으

로 특성과 아이템을 획득합니다.

　-레벨이 4 상승합니다.

　안내음을 들은 가온은 자신이 한 일이 없기에 레벨이 4나 오른 것도 사실 믿기지 않았지만 새롭게 등장한 단어에 흥분했다.

　'특성이라고?'

　특성은 아주 오랜만이었다.

　바로 확인해 보았다.

면역자(특성)

등급-S(1Lv.)
상세-모든 종류의 독과 상태 이상에 10%의 내성을 가진다. 다양한 독과 상태 이상을 경험하고 극복할 때마다 내성이 강해진다.

　효과만 두고 보면 얼핏 칭호와 별 차이가 없어 보였지만 가온은 내용을 확인하고 함박웃음을 지었다.

　'굉장하다!'

　모든 종류다. 독은 물론이고 정신계 공격이나 화염과 냉기 등으로 인한 상태 이상에 10%의 내성을 가진다는 것은 어떤 상황에서든 충분히 대비할 수 있는 최소한의 시간을 벌 수 있기에 엄청난 가치를 지니고 있었다.

어쩌면 이건 원래 앙헬이 사령술사의 던전을 클리어한 것이나 마찬가지였기에 얻은 보상일지도 몰랐다.

아이템은 이제까지 얻은 것에 비하면 평범했다. 중급의 해독제와 상태 이상 치료제로 각각 10병씩 있었다.

-주인님, 이제 던전을 나갈 거예요?

'그래야지. 경고하는데 앞으로 내 기억이나 생각, 함부로 읽을 생각하지 마라.'

-쳇! 알았다고요.

'사람들이나 깨워.'

-알겠어요. 당분간은 분신이 흡수한 주인님 일행의 정기를 흡수하면서 기억을 읽어서 세상 파악을 할 생각이니까 한동안 불러내지 마세요.

'되도록 안 부르도록 노력하지.'

앙헬이 사라지고 얼마 후 일행이 하나둘 잠에서 깨어났다.

"던전의 코어를 파괴했으니 어서 나갑시다."

사람들은 다른 때와 달리 잠에서 빨리 깨어나지 못하고 자꾸 주위를 둘러보았지만, 이내 가온의 재촉에 서둘러 던전을 나왔다.

"위험한 던전에서 이렇게 곤하게 잠에 빠지다니 정말 많이 지친 모양이네요."

그렇게 말하는 퍼슨은 이제야 잠이 완전히 깬 것 같은데 뭔가 아쉬운 얼굴이었다.

"그러게. 뭔가 굉장히 좋은 꿈을 꾼 것 같은데……."

"악몽을 꾸었나? 왜 몸이 좀 무거운 것 같지?"

자신을 따라 계단을 오르는 사람들의 대화에 가온은 내심 찔렸지만, 걸음을 재촉했다.

"일단 거메인 씨가 있는 곳까지 나간 후 푹 쉬도록 하지요."

사람들은 그렇게 말하는 가온의 뒤를 따라 무너지기 시작한 건물을 빠져나가면서도 자꾸 뒤를 돌아보았는데, 다들 행동에 왠지 모를 아쉬움이 가득했다.

건물을 나오자 주위의 땅은 어느새 검은색에서 황토색으로 변해 있었다. 죽음의 기운이 사라진 것이다.

일행이 숲 밖으로 나오자 안전텐트 안에서 초조한 얼굴로 자신들을 기다렸던 거메인이 환호성을 지르며 달려와서 일행을 반겼다.

"어떻게 됐습니까? 던전이었습니까?"

거메인의 물음에 가온이 웃으며 고개를 끄덕였다.

"오오! 역시 해냈군요! 수고하셨습니다!"

"별일 없었지요?"

"그럼요. 얼마 전에 숲 전체를 뒤덮고 있던 불길하고 음침한 기운이 사라져서 던전 공략에 성공했을 거라고 믿고 있었습니다."

그러고 보니 숲을 감싸고 있었던 음침한 기운이 사라져 있었다.

"혼자 불안한 마음으로 기다리시는 것도 스트레스였을 텐데 거메인 씨도 고생하셨습니다. 사람들이 좀 지쳐서 오늘은 그냥 이곳에서 묵고 내일 일찍 출발해야 할 것 같습니다."

숲 밖은 어느새 해가 지기 시작하고 있었다.

"좀 일찍 식사를 하고 쉬는 게 어떻겠습니까?"

"좋은 생각입니다."

가온은 그래도 쌩쌩한 얼굴을 하고 있는 패터와 타람 남매에게 식사 준비를 부탁했다.

나머지 사람들은 뭔가 잃어버린 것 같은 얼굴로 여기저기에 앉아서 생각에 잠겼는데, 가온은 뭔가 생각이 잠긴 것 같은 헤븐힐과 매디 곁으로 향했다.

"레벨 업은 어때요?"

"정말 대박이에요! 단 하루 만에 레벨이 27이 되었어요! 보상으로 마력 회복 포션도 5병이나 얻었고요."

"저 역시 던전에서 25가 되었어요. 신성력 회복 포션 5병이 보상으로 나왔고요."

그런데 어째 두 사람의 태도가 이상했다.

그 정도로 레벨이 올랐으면 기뻐서 방방 떠도 부족한데 텐션은 좀 올라간 것 같지만 어쩐지 좀 가라앉아 있었다.

특히 헤븐힐은 얼굴이 붉게 상기되어 자신의 눈조차 쳐다

보지 못하고 있었다.

매디는 그 정도는 아닌데 자꾸 시선이 먼 곳을 향하는 것을 보니 헤어진 연인이라도 생각하는 것 같았다.

"쉬기 전까지는 별일이 없었는데. 혹시 잠을 잘 못 잤나? 왜 그렇게 얼굴들이 빨개요? 야한 꿈이라도 꾼 거예요?"

농담 반 진담 반 그렇게 말해 봤다.

"무, 무슨!"

"마, 말도 안 돼요!"

장난기 가득한 농담에 두 여자는 얼굴이 터질 것처럼 붉어지더니 후다닥 숲 쪽으로 달음박질했다.

"뭐지?"

"용변이 급한 모양이지요."

"이럴 때는 모른 척해야 합니다."

퍼슨과 스톤이 가까이 와 있었다.

"대장님, 던전에서 얻은 전리품 분배는 어떻게 하실 생각입니까?"

"어떻게 했으면 좋겠습니까?"

"이미 전리품을 받은 사람들이야 더 이상 고려할 필요가 없고 받지 않은 사람은 3% 정도면 될 것 같습니다."

"일리는 있는데, 아까 대장님이 준 물건들이 굉장히 좋은 것 같던데……."

스톤이 퍼슨의 의견에 조심스럽게 반론을 제기했다. 확실히 그때 세 사람의 얼굴은 무척 밝았다.

"그래도 구울과 굴라에게서 나온 마정석은 중하급이 적어도 3분의 1은 되겠더라고. 그것을 생각하면 비슷할 것 같은데……."

"확실히……."

지금은 어떤지 모르겠지만 창궐한 마수와 몬스터로 인해서 사냥이 극히 위축되면서 마정석, 특히 중급의 경우에는 가격이 크게 올랐다.

"사람들의 의견을 더 들어 보고 분배하도록 하지요."

"에잉! 저렇게 하면 스튜가 아니라 돼지죽이 된다니까!"

스톤이 조리하는 모습을 흘끗 쳐다본 퍼슨이 그쪽으로 달려갔다.

얼마 후 아직 해가 지지 않았음에도 일행은 아주 맹렬한 속도로 스튜 그릇을 비우고 있었다. 긴장이 풀려서 그런지 허기가 엄습한 것이다.

그렇게 이른 저녁을 먹은 후 가온은 전리품 분배 애기를 꺼냈다. 그리고 퍼슨이 말한 대로 이미 아이템을 받은 사람을 제외하고 모두에게 3%에 해당하는 양을 분배해 주었다.

의뢰를 한 헤븐힐과 매디, 그리고 거메인은 사양했지만 거듭 권하자 결국 받기로 했다.

그렇게 생각지도 않았던 마정석을 분배받은 사람들의 기

분은 날아갈 것 같았다. 중급 이상은 없었지만 대신 숫자가
많았다.

"빨리 파는 편이 좋을 겁니다."

지금부터 유명세를 떨치기 시작하는 하이랭커들은 곧 중
하급 마정석을 품은 놈들을 사냥하기 시작할 것이다.

그들이 아니더라도 벌써 꽤 많이 탄생한 길드들도 숫자를
이용해서 하급이나 중하급 마정석을 가진 놈들을 사냥하는
데 공을 들일 것이니 한시라도 빨리 정리를 해야 제값을 받
을 수 있었다.

사람들은 가온의 말을 허투루 듣지 않았다. 지난 여정도
그렇지만 이번 던전만 해도 그의 판단력과 적절한 지시 그리
고 압도적인 활약이 없었다면 제대로 공략도 못 하고 언데드
가 되었을지도 몰랐다.

그렇게 전리품이 분배되어서 그런지 사람들은 기분 좋은
얼굴로 대화를 나누는가 싶더니 불침번을 제외하고는 서둘
러 잠자리에 들기로 했다. 던전 안에서 잠까지 잤는데도 피
곤했다.

"저희는 이만 가 볼게요."

헤븐힐과 매디도 나갈 준비를 했다.

"오늘 고생 많았어요. 고맙고요!"

"저도 대장님 덕분에 무척 즐거웠어요."

매디는 두 손을 허리에 모으고 진심을 담아 인사를 했고

격식 차리는 것을 꺼리는 헤븐힐은 가벼운 태도로 고마운 마음을 전했다.

그런데 어쩐지 헤븐힐은 여전히 자신을 똑바로 쳐다보지 못했다.

왜 자신과 눈이 마주칠 때마다 헤븐힐의 얼굴이 이렇게 홍시처럼 붉어지는지 모르겠다.

'혹시 야한 꿈의 대상이 내 모습을 하고 있었던 건 아니겠지? 에이, 설마!'

만난 지 이제 겨우 이틀째다. 제대로 얘기를 나눈 것도 아니고 헤븐힐의 입장에서 보면 자신은 NPC에 불과하니 그럴 리가 없었다.

두 사람이 로그아웃을 한 후 가온은 일단 던전 공략 과정에서 얻은 보상을 마저 확인했다.

'확인하지 못한 건 칭호 2개와 아이템 2개네.'

일단 칭호부터 확인했는데 비슷한 내용의 칭호라서 그런지 병합이 되어 있었다.

숙련된 언데드 사냥꾼─칭호 병합

등급 : 희귀++
상세
−언데드를 상대로 공격력 30% 증가
−언데드를 상대로 방어력 20% 증가

언데드를 상대로 공격력과 방어력이 3할과 2할이나 증가한 것은 무척 고무적이었다. 이 탄 대륙에는 언데드가 상당히 많았다.

아이템들도 확인했는데 하나는 아이템 강화석으로 희귀 등급까지 강화할 수 있는 중급이었다.

그리고 하나는 스킬 강화권으로 B급 이하의 스킬 위력을 30% 높일 수 있어서 일단 사용하지 않고 보관해 두기로 했다.

참고로 어나더 문두스의 아이템 강화석이나 스킬 강화권은 한계가 명확했다. 총 10강까지 가능했지만 4강부터는 실패 확률이 가파르게 높아질 뿐 아니라 10강을 완성해도 등급이 하나 더 올라가는 것에 불과했다.

물론 그래도 강화는 할 수 있으면 하는 게 나았다. 공격력이나 방어력이 올라가서 사냥에 도움이 되기 때문이다.

강화를 해서 도움이 될 희귀 아이템을 하나씩 떠올리던 가온은 마침내 그 대상을 결정했다.

바로 안전텐트였다. 수용 인원이 13명까지로 늘어나긴 했지만 앞으로 일행이 늘어날 것을 고려하면 더 확장을 시킬 필요가 있었다.

안전텐트를 꺼내 아이템 강화석을 사용하자 엷은 빛이 감싸는가 싶더니 다시 모습을 드러냈다.

－강화에 성공했습니다!

일단 수용 인원이 늘어났고 아공간의 크기가 확장되었다. 사람은 물론이고 말까지 고려하면 강화하길 잘했다는 생각이 들었다.

그렇게 보상을 확인한 가온은 저녁 수련을 시작했다.

가온이 수련을 하자 가물거리는 눈으로 졸고 있던 패터가 벌떡 일어나서 수련에 합류했다.

그러자 패터와 비슷하게 졸고 있던 사람들이 하나둘 수련에 합류하더니, 결국 거메인을 제외하고는 모두 저마다 수련에 푹 빠졌다.

'좋은 현상이네.'

이번에 던전을 공략하면서 느낀 것들이 있는 모양이다.

그렇게 수련을 마친 가온은 하나둘 수련을 마친 일행에게 마법 수련을 위해 스승님에게 다녀오겠다고 말했다.

　헤븐힐과 매디가 던전에서 폭렙을 했으니 틀림없이 자신에게 연락을 할 거라고 생각했다.

　"다녀오십시오."

　가온이 마법을 배우기 위해서 텔레포트 마법을 이용해서 모종의 장소에 다녀온다는 사실을 알고 있는 일행은 경의가 가득한 얼굴로 가온을 배웅했다.

귀로

    씻은 후 잠깐 어나더 문두스 홈페이지에 접속해서 랭킹과
정보 게시판을 둘러본 가온은 옷을 입기 시작했다.

    기다리던 전화가 오지 않자 포기를 하고 혼자서 밥을 챙겨
먹기 귀찮아서 나가려는 것이다.

    가온이 막 엘리베이터를 탔을 때 핸드폰이 울렸다. 왠지
모르게 불편한 얼굴로 서둘러 로그아웃을 했던 매디였다.

    "매디 씨."

    –안녕하세요. 상의할 일이 있어서 좀 뵀으면 해요.

    "나 밥 먹으러 나가는 길인데요."

    –잘됐네요. 그쪽에서 봐요. 치킨 가게에서 기다려요.

    무슨 일인지 모르겠지만 목소리가 잔뜩 들떠 있는 것이 좋

은 쪽인 것 같아서 걱정은 안 해도 될 것 같았다.

폭렙이라고 할 만큼 엄청난 레벨 업을 달성해서 고맙다고 만나자는 것이 아닐까 싶은데 좀 이상했다.

'헤븐힐을 끼지 않고 만나자고?'

설마 자신에게 마음이 있는 건 아닐까 하는 생각이 들었지만, 그럴 리가 없었다.

자신 역시 매디에게 호감은 있지만 그렇다고 사귀자고 대시할 정도는 아니었다.

매디에 대한 생각을 지우고 치킨 가게로 들어간 가온은 치킨부터 시켜 놓고 밖으로 나와서 집에 전화를 했다.

─가온이니?

"네, 엄마. 별일 없죠?"

─당연히 없지. 아니, 있구나.

"뭐요?"

─네 아빠가 사고 쳤다.

"에엣?"

희미하게 '그게 무슨 사고야!' 하고 소리치는 아버지의 목소리가 들렸는데 엄마 목소리가 그렇게 심각하지 않은 것으로 봐서는 나쁜 쪽은 아닌 것 같았다.

─호호호. 어나더 문두스인가 하는 가상현실 게임을 하겠다고 전용 캡슐을 들여놨어, 엄마 것까지.

아빠가 돈을 좀 쓴 모양인데 좋은 일이다.

나중에 모여도 같은 주제로 대화도 잘 통할 것 같고 무엇보다 한창 폐경기라 치료에도 불구하고 조울증에 시달리는 엄마에게도 스트레스 해소를 할 수 있는 좋은 방안이었다.

"잘하셨네요. 저도 해 봤는데 아주 재미있더라고요."

—그러니? 직장에서도 젊은 애들이 재미있다고는 하더라만 엄마는 해도 괜찮을지 모르겠네.

"아니, 잘하실 거예요. 엄마가 현실에서 못 이룬 꿈을 그곳에서 대리만족해도 되고요."

—안 그래도 아빠 말이 그러더라. 자신은 음유시인이 되겠다고. 너도 알지, 아빠 꿈이 가수였던 거.

"아빠, 땅 사서 텃밭 가꾸시겠다고 하지 않았어요?"

—그것도 알아보고 있는데 땅이라는 게 비싸기도 하지만 함부로 구입할 건 아니잖아. 신중하게 접근하자고 설득했어.

잘된 일이다. 가온도 아빠가 당장 할 일이 없는 상황이긴 하지만, 너무 급작스럽게 추진할 일은 아니라고 생각하고 있었다.

"잘됐네요. 그렇다면 스타트 지점은 데헤라트 제국의 중부 쪽, 되도록 후작령이나 공작령의 수도로 하세요."

마음 같아서는 랑트에서 시작하라고 권유하고 싶었지만 두 분에게 랑트는 맞지 않았다.

—왜? 무슨 이유라도 있니?

"일단 시간대가 여기는 저녁이라도 거기는 정오 정도거든요. 그리고 데헤라트 제국은 탄 대륙에서도 가장 문화가 발달한 국가예요. 되도록 큰 도시를 고르면 요리 아카데미도 있고 극단도 많아서 두 분이 즐기시기에 좋을 거예요."

그런 정보는 예지몽 속에서 들었다. 데헤라트 제국에는 게임을 한다기보다는 차원 여행을 즐긴다는 생각을 가진 중노년층 플레이어들이 유독 많았다.

-호호. 우리 아들이 아주 어나더 문두스 박사네. 방학이고 지금 아주 인기라니. 너도 할 것이 분명하지만 어나더 문두스에 푹 빠지면 안 된다.

"알았어요."

-그런데 그 정보 확실한 거지?

"요즘 다들 그거만 하잖아요. 굳이 찾아보지 않더라도 그런 정보는 어나더 문두스 홈페이지에 다 나와 있어요."

-믿는다. 아들. 아무튼 아들 덕분에 머리 싸매 가면서 어디에서 시작해야 할지 고민하지 않아도 되겠네. 아빠, 바꿔 줄까?

"아니에요. 바쁘신 것 같은데 나중에 다시 전화 드릴게요."

-그래. 앞으로 7시 반 정도면 어나더 문두스에 접속할 것 같으니까 전화하려면 그 전에 하렴.

저녁 식사를 마친 후 두 분이 함께 게임을 즐길 모양이다.

"네, 엄마. 즐겜, 아니 즐거운 게임하세요."

-호호호. 나도 그 정도는 알아. 즐겜!

전화를 끊는 엄마의 목소리는 그 어느 때보다 활기가 가득

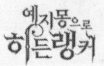

했다.

아마 서로 취미가 맞지 않아서 평생 같이 살면서도 즐겁게 무언가를 같이해 본 적이 없어서 이번 기회에 많이 기대하는 것 같았다.

전화를 끊은 가온은 앞으로도 오늘만 같았으면 좋겠다는 생각을 했다.

어나더 문두스에서는 구울의 던전은 물론이고 히든 던전까지 클리어해서 며칠 멈춰 있었던 레벨을 무려 9나 올렸고 엄청난 보상까지 챙겼다.

게다가 현실에서는 예지몽 속에서 막 이혼을 진지하게 고민하면서도 막상 대화는 전혀 없었던 부모님이 사이좋게 게임을 하겠다고 하니 이보다 더 좋을 수가 없었다.

그런저런 생각을 하고 있을 때 택시 한 대가 도착하더니 매디가 내렸다.

"가온 씨!"

"오셨네요."

택시를 타고 온 사람이 마치 뛰어온 것처럼 얼굴이 붉게 상기되어 있었는데 가온을 보는 눈빛이 어쩐지 이전과 좀 달랐다.

"좋은 꿈꾸었나요?"

"네? 갑자기 무슨?"

매디는 가온의 대답에 자신의 머리를 '콩' 하고 쥐어박고는 자신이 이상한 말을 했다는 사실을 이제야 깨달았는지 눈알을 이리저리 굴리다가 배시시 웃었다.

"아니, 이 땀 좀 봐요. 무슨 일인데 이렇게 급하게 왔어요?"

가온이 손수건을 꺼내 주며 말했는데, 매디의 얼굴에는 작은 땀방울이 송골송골 맺혀 있었다.

"그, 그게……."

아무래도 말 못 할 일이 있는 것 같아서 가온은 일단 넘어가기로 했다.

"일단 들어가요."

들어가니 테이블에는 이미 치킨과 맥주가 세팅되어 있었다.

단숨에 절반이나 맥주를 마신 매디는 이제야 정신을 차린 것 같았지만 이상하게 눈을 못 맞추고 주위를 돌아보았다.

"아무도 없어요."

평일이고 아직 시간이 일러서 그런지 사람이 없었다. 원래 이 오피스텔 거주자들은 저녁 식사 때가 아니라 더 늦어야 하나둘 야식을 먹거나 술을 마시러 아래 상가에 들르곤 했다.

"일단 감사 인사부터 드릴게요."

"네?"

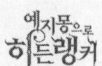

"가온 씨가 말한 대로였어요. 온 님과 겨우 이틀을 함께했을 뿐인데, 벌써 레벨이 25가 되었어요!"

"대박!"

가온은 짐짓 깜짝 놀라는 척을 해 주었다.

"호호호. 저도 믿기지가 않아요. 이렇게 빠른 레벨 업이라니, 만약 사람들이 알면 깜짝 놀랄 거예요."

"축하합니다."

"잘하면 국내 하이랭킹에도 진입할 것 같아요."

세계 집계와 별도로 한국에서도 레벨로 1만 위까지의 플레이어를 공개하는데, 1,250등 안에 들면 바로 하이랭킹이다.

물론 세계 하이랭킹도 매일 공개한다.

"이거 곧 유명인이 되는 거 아닙니까?"

"호호호. 그랬으면 좋겠네요. 안 그래도 언니도 잔뜩 신이 나서 어나더 문두스를 하는 동생을 만나 자랑을 한다고 하더라고요."

그래서 헤븐힐이 이 자리에 안 나온 모양이다.

"그럼 이 자리는 한턱 쏘시려고 마련한 겁니까?"

"그것도 그거지만 진짜 대박이 터진 것 같아서 의논을 드리려고요."

마치 비밀이라도 되는 것처럼 소리를 낮추어서 말하는 매디의 얼굴은 보기 좋게 상기되어 있어서 오늘따라 무척 귀여

워 보였다.

"무슨 대박요?"

"던전에 대한 정보를 팔겠다는 게시물을 올렸잖아요."

"그게 왜요?"

경매 시한을 일주일로 했다는 건 이미 들었기에 더욱 이상했다.

"비밀 댓글로 아주 대단한 제의가 들어왔어요."

"뭡니까?"

가온도 맥주를 한잔하고는 물었다.

"30억! 30억을 줄 테니까 경매를 취소하고 던전에 대한 정보를 자신들에게 독점으로 팔래요."

확실히 매디가 놀라서 달려올 만했다.

"어디랍니까?"

"오딘의 후예라는 길드라고 했어요. 동생에게 찾아보라고 했더니 독일 쪽에서 아주 유명한 길드라고 하네요. 길드장이 글로벌 제약그룹 집안 출신이라고 했어요."

변경성에서 플레이를 했던 가온조차 들어 봤을 정도로 예지몽에서는 아주 유명한 길드로 세계적인 규모로 성장하는 거대한 길드다.

'역시 그들이 랑트 인근에서 플레이를 했구나. 하지만 개새끼들이지!'

가장 먼저 던전을 독점하고 해당 길드원들의 레벨 업을 위한 장소로 만든 길드였다.

도는 소문으로는 그 던전은 작은 그룹에서 발견했는데 강탈했다고 했다.

'놈들 때문에 다른 대형 길드들도 앞다투어 좋은 사냥터와 던전을 독점하는 현상이 고착되었어.'

그래서 늦게 어나더 문두스를 시작한 가온과 같은 이들은 제대로 레벨 업도 할 수가 없었다.

좋은 사냥터나 던전은 대형 길드들이 차지하고 일체 출입을 막아 버린 것이다.

항의하는 플레이어들이 없었던 건 아니라고 했다. 아니, 굉장히 많았는데 놈들은 힘으로 그런 플레이어들을 압박하거나 끝까지 귀찮게 하면 죽이는 것도 서슴지 않았다.

그런 불합리한 일이 각지에서 벌어졌음에도 불구하고 세이뷰어 컴퍼니 측은 게임에 전혀 관여를 하지 않았다. 그리고 무엇이든 플레이어들이 현지인들과 함께 만들어 가야만 한다는 원론적인 얘기만 했다.

"어떻게 할까요?"

"30억이 큰돈이기는 하지만 그래도 매디 님 아이디로 가장 먼저 올린 게시물입니다. 앞으로도 이런 식으로 정보를 판매할 생각인데, 아무리 상대가 불특정 다수라고 해도 신뢰는 지켜야 하지 않을까요?"

"……그렇게 생각하는군요."

가온의 말에 분위기가 순간적으로 다운되었지만 매디의 얼굴 표정은 그렇게 무겁거나 어둡지 않았다.

"난 따로 추구하는 플레이가 있기 때문에 앞으로도 종종 어나더 문두스의 중요한 정보를 먼저 찾아내면 매디 씨를 통해서 판매할 생각입니다. 그래서 더욱 매디 씨의 아이디가 가지게 될 신뢰가 중요하다고 생각합니다."

"역시 생각한 대로 굉장히 멋지네요."

그렇게 말하는 매디의 눈이 몽롱해 보이는 것이 좀 이상했다.

"네?"

"그, 가온 씨의 말요."

"아! 그냥 내 생각입니다. 어차피 이 건은 우리 둘이 함께 진행하는 프로젝트니까 매디 씨 의견도 중요합니다."

"제가 실수했어요. 30억 원이라는 거액의 돈 때문에 너무 마음이 급해졌던 것 같아요. 오늘까지 비밀 댓글로 입찰한 상위 3위까지의 액수를 합하면 4억도 되지 않았거든요."

"그렇군요. 며칠 남았지만 세 팀이면 최소 10억 원은 되지 않겠어요?"

"맞아요. 그 정도만 되어도 어차피 전 생각하지도 못했던 어마어마한 수익이 들어오는 건데 잠깐 미쳤었나 봐요."

총 4억으로 낙찰된다고 해도 그녀의 몫은 2천만 원이다. 10억이라면 5천만 원을 받는다.

한 방에 연봉을 버는 것이다. 이렇게 간단한 일로 말이다. 그러니 욕심 낼 필요가 전혀 없었다.

가온이 던전 정보에 대한 경매 글을 올릴 생각을 했을 때는 고려하지 못했지만 지금에서야 깨달은 게 있었다.

'던전에 대한 정보는 경매가 끝난 후 정확히 100일 후에 모두에게 푼다고 했어.'

어쩌면 이건 앞으로 발견될 던전에 대한 표준이 될 수도 있었다.

남들이 알지 못하는 장소에 있는 던전이라면 몰라도 일단 알려진 던전의 경우 발견자의 독점권이 100일 동안 유지된다는.

자신이 지금 하고 있는 일을 통해 던전에 대한 정보를 지적 재산권처럼 취급하는 일종의 모범 사례가 될 확률이 높았다.

'인간의 욕심 때문에 그렇게 되지 않을 가능성이 더 높기는 하지만 일단 이렇게 하는 게 옳아.'

만약 세이뷰어 컴퍼니 주식을 사지 못했다면, 그동안 운이 좋아서 엄청난 골드를 얻지 못했다면, 이런 생각은 못 했을지도 몰랐다.

"미안해요. 어차피 던전에 대한 정보는 온 님과 가온 씨 것이기도 하고 제 생각이 너무 짧았어요. 처음 생각대로 끌고 나갈게요."

"그래 주세요. 그나저나 입질은 많습니까?"

"호호호. 안 그래도 엄청난 댓글이 달리고 있어요. 50%는 낙찰가와 관련한 비밀 댓글이고 20%는 길드 가입을 권유하는 비밀 댓글이에요. 나머지는 의미가 크지 않은 내용으로 제가 누군지 궁금해하는 글들이 많더라고요. 만약 제가 신상이 공개된 상황이라면, 어디 먼 곳으로 도망쳤을 정도로 과도한 관심이 쏟아지고 있어요."

"게임즈인포 보안은 정말 괜찮습니까?"

"제가 알기론 정보 사이트 중에서는 가장 보안 수준이 높아요. 그리고 설사 거기가 뚫린다고 해도 제 동생이 따로 작업을 해 두었기 때문에 제 정보는 쉽게 빼낼 수 없을 거예요."

"그럼 안심입니다."

그제야 두 사람은 진짜로 치킨과 맥주를 진심으로 즐길 수 있게 되었다. 욕심은 치킨과 맥주의 맛까지 잊게 만들었던 것이다.

랑트로 귀환하는 길은 순탄했다.

일단 말이 충분했기 때문에 어지간한 마수나 몬스터는 쉽게 따돌릴 수 있었다.

그래도 따라오는 것들은 화살과 볼트 세례를 퍼부어 주었다.

말 위에서 쏘는 것이라 정확도는 떨어졌지만 그 정도만 해도 어지간한 놈들은 추격할 엄두를 내지 못했다.

그래도 끝까지 귀찮게 하는 마수도 있었다. 바로 마수화된 변종 늑대였는데 들은 대로 아그레브 인근에는 다양한 종류의 울프들이 서식하고 있었다.

사령술사의 던전을 나온 지 이틀 후.

막 숲을 벗어나 수풀이 무성한 초지로 나섰을 때 무려 300여 마리나 되는 변종 늑대 무리가 따라붙었다.

놈들은 겁이 많은 말들을 위협해서 단숨에 포위해서 습격할 생각으로 넓게 퍼졌는데, 양옆 쪽의 변종 늑대들이 빠르게 달렸다.

영악한 변종 늑대들은 앞서 달려가서 포위를 하려는 것이다.

'혼울프 정도라면 모르지만 이놈들은 영양가가 없어.'

변종 늑대의 경우 보스급은 되어야 중급 정도의 마정석을 가지고 있었고, 그나마 가치가 있는 부산물은 가죽과 발톱 그리고 이빨밖에 없었다.

가온은 굳이 말의 속도를 높이지 않은 채 빠르게 주위를 둘러보았다.

마침 멀지 않은 곳에 나무 몇 그루가 있었는데 올라가서 피할 정도로 나무가 큰 것도 아니고 이제 말의 숫자가 늘어나서 이전에 사냥했던 방식은 쓰면 자칫 말이 상할 위험이 있었다.

'지능이 높은 놈들이라서 각개격파하기 힘든데.'

벌써 앞서 달려간 양옆 쪽의 늑대들은 빙 둘러 전방 쪽으로 달리고 있었다.

이렇게 되면 곧 포위될 것이다. 마수화된 놈들이라서 덩치가 송아지만 한 놈들이 일제히 덮치면 실질적인 무력을 행사할 수 있는 사람들을 제외하고는 심각한 피해를 입을 수밖에 없었다.

그때 문득 오크 마을의 가시나무로 만든 목책이 떠올랐다.

야영할 때 필요할까 싶어서 일전에 챙겨 두었던 것이다.

원형으로 도넛처럼 가운데를 비운 후 둘레를 5미터 두께로 설치하면 안쪽까지 도약해서 오기엔 힘들 것이다. 이 세계의 가시나무는 마수나 몬스터의 질기고 단단한 가죽도 뚫리거나 찢을 정도로 날카롭고 강도도 높았다.

'해 보자!'

가온은 즉시 이 의견을 일행에게 전달한 후 그나마 주위보다 약간 높은 곳에 멈추었다.

그리고 바로 가시나무 덩어리들을 아공간에서 꺼내기 시작했다.

퍼슨과 거메인은 말을 모아서 안쪽으로 머리를 향하게 한

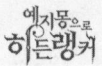

후 가운데에 말뚝을 박고 고삐를 모두 묶었다. 늑대가 보이지 않으니 말들도 두려움은 훨씬 덜할 것이다.

스톤과 패터는 검으로 일행이 머물 원형의 공간을 상정하고 외곽선을 따라 검으로 무릎 높이까지 자란 풀을 잘랐다.

그러자 나머지 사람들이 일제히 달려들어서 가로세로 2미터 되는 가시나무 덩어리들을 붙여서 목책을 만들기 시작했다.

다행하게도 늑대들은 나름 경계를 한답시고 포위를 한 채로 움직이지 않았다.

"아얏!"

"이놈의 가시들은 오크 가죽으로 만든 가죽까지 파고드네."

"그러니까. 저 변종 늑대들도 함부로 뛰어올랐다가는 가시가 박혀서 비명을 지르며 발광을 할 거야."

가온이 생각한 것보다 더 좋은 방법이 떠오르지 않았거니와 대장의 지시라서 가시나무 덩어리들로 목책을 만들던 사람들은 이거라면 충분히 변종 늑대들의 공격을 저지할 수 있다고 믿게 되었다.

그렇게 목책이 완성되자 다음은 무기를 꺼내는 것이다. 각자 자신이 있는 무기들을 꺼내 언제라도 쓸 수 있도록 준비했다.

일단 거메인, 헤븐힐, 타이린, 매디가 가장 안쪽에 자리를 잡았다.

　최악의 경우라도 위험이 닥치면 가장 높은 곳으로 도망쳐서 뒷발질을 하는 말들의 공격으로 시간을 벌 수 있도록 말이다.

　검을 쓰는 샘슨과 타람 그리고 로에니가 세 방향을 맡았고 스톤과 퍼슨 그리고 패터가 각각 한 명씩과 짝을 이루어서 활과 석궁으로 지원하기로 했다.

　마지막으로 가온은 세 방향을 오가면서 위험한 쪽을 지원하는 것으로 진형이 완성되었다.

　진형이 갖추어졌지만 변종 늑대들은 신중했다. 달려들 생각이 없는 것처럼 포위망을 구축한 상태로 자리에 앉아 버렸다.

　"저놈들, 목책의 위험성을 아는 것 같은데."

　"지능이 높다고 하더니 정말 그런 것 같습니다."

　"아무래도 장기전을 선택한 것 같은데요."

　가온도 일행의 판단이 맞는다고 생각했다.

　놈들은 화살과 볼트의 유효사거리를 어떻게 아는지 몰라도 그 범위 밖에서 여전히 포위를 한 채 쉬거나 어슬렁거리고 있었다.

　황당한 것이 보스로 보이는 거대한 몸집의 변종 늑대는 두 암컷과 사냥을 하려는 듯 멀리 벗어나 버렸다는 사실이다.

"장기전이라…… 골치 아프네."

놈들이 그냥 사람들이 지칠 때까지 기다리지는 않을 것이다.

지금까지 한 행동을 바탕으로 예상컨대 여러 방향에서 접근했다가 물러나는 등 사람들이 제대로 쉬지 못하도록 수를 쓸 것이 분명했다.

그렇다면 지난번에 혼울프들을 상대했을 때처럼 가온이 나서야만 했다.

"준비하겠습니다!"

이미 가온이 어떻게 혼울프들을 상대했는지 봐서 잘 아는 일행은 바로 준비를 했지만 그의 활약을 보지 못한 헤븐힐과 매디는 걱정을 떨쳐 버리지 못했다.

"정말 괜찮을까?"

"그러게요. 저놈들 엄청 빠를 텐데 걱정이네요."

워낙 자신감을 드러냈기에 말리지 못한 헤븐힐과 매디는 밖으로 나갈 준비를 하는 가온을 걱정 어린 눈으로 쳐다볼 수밖에 없었다.

파악!

가볍게 도약한 가온의 신형이 가시나무 목책을 훌쩍 뛰어넘었다.

"언제 봐도 대단하긴 해."

"대체 레벨이 얼마나 될까요?"

가온은 두 사람에게도 레벨을 알려 주지 않았고 그녀들도 궁금하지 않았었지만 지금은 달랐다.

"저렇게 가볍고 빠른 움직이라면 적어도 70레벨 이상일 거야."

"그러게요. 만약 플레이어라면 고위급 랭커는 될 것 같은데요."

변종 늑대들을 향해 바람처럼 빠르게 달려가는 가온을 본 매디가 탄성을 지르며 말하는 순간 그의 몸이 갑자기 멈추었다.

변종 늑대 무리와는 약 30미터 정도 떨어진 위치로 순식간에 약 70미터를 달려간 것이다.

우우우우!

조장쯤 되는 변종 늑대의 명령이 떨어졌는지 가온이 달려가던 쪽 방향에 있는 놈들이 일제히 몸을 일으키고 맞을 준비를 했다.

그때 가온의 앞에 창 한 자루가 나타나는가 싶더니 다음 순간 빛살처럼 빠르게 허공에 선을 그었다.

뻐억!

거리가 멀리 떨어져 있음에도 불구하고 뼈가 부서지는 섬뜩한 소리와 함께 창이 한 변종 늑대의 이마를 깊숙이 파고들었다.

"어머! 어머!"

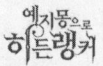

"세상에!"

동료가 비명도 지르지 못하고 창에 꿰뚫린 채 뒤로 날아가는 것을 본 변종 늑대들이 일제히 가온을 향해 달리기 시작했다.

하지만 그 순간에도 가온은 연신 창을 던지고 있었다.

"정말 신기해!"

"뭐가요, 언니?"

"신기하잖아. 마치 누가 아공간에서 꺼내 주는 것처럼 창을 꺼내고 던지는 게 거의 한순간이야."

그러고 보니 과연 그랬다. 혼자 아공간 팔찌에서 창을 꺼내고 던지는 거라고는 믿을 수 없을 정도였다.

"그런 스킬이 있나 보죠?"

"그런가? 그건 그렇다고 치더라도 어떻게 저 먼 거리에서 던진 창들이 하나도 빗나가지 않고 모두 늑대의 머리통을 꿰뚫을 수 있는 거지?"

헤븐힐은 전사는 아니지만 그래도 이해가 가지 않을 정도로 신묘한 솜씨였다.

"투창 스킬도 있나 봐요."

"그런가?"

그녀들이 알기로 창을 무기로 선택하는 전사들은 그리 많지 않았다.

그리고 그녀들이 본 가온 역시 검이 주 무기였는데, 투창의 위력이 저 정도라면 차라리 창술을 더 깊이 파고드는 것이 좋지 않을까 싶었다.

아주 짧은 시간에 여섯 자루나 되는 창을 던져 변종 늑대 여섯 마리를 죽인 가온은 휙 몸을 돌리더니 목책이 있는 쪽으로 다시 달렸다.

그때는 벌써 변종 늑대의 선두는 그와 5미터 거리까지 달려온 상태였다.

"어떡해?"

"더 빨리!"

헤븐힐과 매디는 걱정이 되어서 안달이 났지만 가온을 쫓는 삼십여 마리의 변종 늑대는 그를 따라잡을 수가 없었다. 민첩 스텟이 100에 가까운 그가 질주 스킬을 펼쳤기 때문에 네발로 달리는 놈들보다 훨씬 더 빨랐다.

동료의 죽음으로 인해 분노한 놈들은 평소에 인간을 사냥할 때와 달리 선을 지키지 못했다.

화살과 볼트의 사거리 안으로 들어간다는 사실도 잊을 정도로 흥분한 것이다.

순식간에 목책 앞까지 도착한 가온의 몸이 붕 날아서 안으로 착지했을 때 기다렸던 화살과 볼트가 날아갔다. 당연히 독액에 촉을 담가 둔 것들로 이젠 거메인까지 석궁을 들고 합류했기에 위력이 더욱 강해졌다.

푹! 푹! 푹! 푹!

거메인이야 평균 실력이었지만 석궁이었고 변종 늑대의 몸집이 워낙 커서 빗나갈 염려를 하지 않아도 되었다.

거기에 목책 안으로 들어온 즉시 연발석궁을 꺼내 볼트를 쏴 대는 가온까지 합세하니, 목책과 30여 미터 거리까지 접근한 놈들은 화살과 볼트를 피할 수 없었다.

놈들은 동체가 큰 만큼 독이 퍼지는 속도가 느렸는지 그 상태에서도 목책 바로 앞까지 달려왔지만 이내 부르르 떨면서 하나둘 쓰러지고 말았다. 혈관을 타고 심장에까지 퍼진 신경독 때문이었다.

그때 바닥에 석궁을 내려놓은 가온이 다시 목책을 뛰어넘더니, 쓰러진 놈들의 심장에 창을 깊이 박아서 일일이 숨통을 끊었는데, 그가 지나간 자리는 핏자국만 남아 있었다. 어느새 사체를 아공간 안에 집어넣은 모양이다.

순식간에 변종 늑대 서른대여섯 마리가 사라져 버린 것이다.

"원래 늑대 사냥을 이런 식으로 하는 건가?"

"저도 모르죠, 언니. 그런데 이런 식이라면 변종 늑대를 두려워할 필요가 없겠어요."

매디가 보기에 변종 늑대들의 전술은 잘못되었다. 가온과 같은 능력자가 없었다면 효과적일 수도 있었겠지만, 이렇게 일부만 공격에 나서면 각개격파를 당할 수밖에 없었다.

더구나 변종 늑대 보스도 자리를 비웠으니 가온의 공격에 제대로 대응할 수 없었다.

그렇게 한쪽 방향의 사냥이 마무리되었지만 가온은 쉬지 않았다.

이번에는 반대 방향으로 움직였고 진형 역시 그를 따라 움직였다.

사냥 방식은 동일했다. 헤븐힐나 매디가 속으로 늑대들이 너무 머리 나쁘다고 생각할 정도로 변종 늑대들은 삼사십 마리만 움직였다.

당연히 그 정도는 일행의 능력으로 얼마든지 처리할 수 있었다.

그렇게 네 번에 걸쳐 사냥을 하고 나자 변종 늑대의 숫자가 눈에 띄게 줄어들었다.

이젠 가온이 가까이 가도 놈들은 오히려 뒤로 더 물러날 뿐 달려들지 않았다.

결국 가온도 잠시 쉬기로 했다. 워낙 민첩 스텟이 높았기 때문에 변종 늑대의 물러나는 속도보다 더 빠르게 접근해서 창을 던질 수 있지만, 이래서는 놈들을 목책 가까이로 끌어들일 수가 없었다.

"식사나 하지요."

"준비하겠습니다."

사냥에서 전혀 한 일이 없는 사람들 위주로 식사를 준비했다. 육포와 빵이 아니라 제대로 된 스튜는 물론이고 불을 피워 꼬치구이까지 준비했다.

돕고 싶었지만 자신들이 거들지 않아도 되는 상황을 파악한 헤븐힐과 매디는 가온의 제의로 땡볕에서 고생하는 동료들을 위해서 창대와 넓은 카펫을 이용해서 그늘을 만들었다. 이 세계에는 나일론과 같은 합성 섬유는 없었지만 양모를 사용한 카펫은 많았다.

거메인은 물론이고 퍼슨도 아공간 주머니가 있기 때문에 식재료나 향신료는 충분히 준비했다. 두 사람 다 가온이 하는 말을 허투루 듣지 않았다.

"다 먹고 살자고 하는 건데 먹는 거라도 잘 먹어야 하지 않겠습니까?"

마수와 몬스터가 도처에 널려 있어서 서두른다고 일정이 빨라지는 것도 아니니 그 말이 맞는다는 생각이 들었다.

그래서 일행은 그늘 아래서 맛있는 음식을 푸짐하게 먹고 차까지 마시는 호사를 누릴 수 있었다.

그렇게 1시간 정도 쉬고 다시 움직이려고 할 때 마침 뭔가 잡아먹고 온 듯 주둥이 부위가 붉게 변한 변종 늑대 보스와 암컷들이 돌아왔다.

우우우우!

상황을 파악했는지 변종 늑대 보스의 로어에는 숨길 수 없는 분노가 실려 있었다.

놈의 로어에 자극을 받았는지 사방에서 투기가 물결처럼 몰려왔다. 감각이 예민한 가온은 솜털들까지 꼿꼿하게 솟는 것 같았다.

"이번에는 전 방향으로 공격해 올 가능성이 높습니다. 준비하십시오."

가온의 지시에 일행은 그늘을 제공해 준 카펫을 걷고 원래 진형을 갖추었는데, 1선에 자리를 잡은 이들의 손에는 익숙한 무기가 들려 있었다.

그건 바로 도끼창이었다.

높이와 폭이 2미터나 되는 목책을 뛰어넘는 놈들도 분명 있을 텐데 그런 놈들을 검으로 처리하는 건 어렵다는 생각에 도끼창을 사용하기로 했다.

그리고 그 세 사람의 옆에는 촉에 독액을 바른 창이 대여섯 자루씩 놓여 있었다. 유효사거리 안으로 들어오면 던지는 용도로 대가 단단한 나무여서 한결 가벼웠다.

가온의 예상대로 변종 늑대들은 전 방향에서 목책을 향해 달려오기 시작했고, 1선과 2선의 일행은 원거리 무기를 던지거나 쏠 준비를 했다.

패터는 거메인에게 연발석궁을 양보한 터라 창을 들고 있었다. 그의 투창 솜씨는 생각보다 뛰어나서 가온이 창 수십 자루를 준비해 주었다.

"자신이 상정한 거리 안으로 들어올 때까지 기다려요!"

그렇게 말한 가온은 변종 늑대 보스와 두 암컷이 있는 방향을 바라보고 서 있었다.

'치사한 놈!'

교활한 변종 늑대 보스는 두 암컷과 함께 뒤쪽에서 지휘를 하고 있었다.

그래도 선두는 변종 늑대 중에서도 사납고 용맹한 놈들이다.

가온은 선두가 50미터 안으로 들어오는 순간 허릿심과 어깨의 근력을 이용해서 트라이던트를 던지기 시작했다.

슉! 슉! 슉!

빛살처럼 날아가는 트라이던트는 일반 창에 비해서 창날이 3개나 되기 때문에 목표에 적중할 확률이 더 높았다. 그리고 창대가 나무라서 마나를 주입하기 어려운 일반 창과 달리 마나를 잘 받아들여서 위력이 한층 강했다.

퍽! 퍽! 퍽!

마나가 실린 트라이던트는 날아가는 속도와 목표가 달려오는 속도로 인해서 목표에 적중하는 순간 단단한 두개골을 부수고 뇌를 엉망으로 만들었다.

선두의 변종 늑대들이 트라이던트에 실린 강한 힘을 이기지 못하고 앞으로 엎어지거나 뒤로 날아가는 바람에 뒤에 놈들이 서로 엉켜서 엉망이 되는 것은 순식간이었다.

트라이던트 세 자루를 던진 후 바로 옆으로 이동해서 빠르게 다시 세 자루를 더 던진 가온은 다시 옆으로 이동했다.

그렇게 원으로 그리며 이동하면서 트라이던트를 던지던 가온이 목책을 한 바퀴 돌았을 때 변종 늑대들은 둘로 분리되었다.

트라이던트에 맞은 선두로 인해서 엉키는 바람에 멈출 수밖에 없는 놈들과 그게 아닌 놈들로 갈라진 것이다.

그 덕분에 목책과 20여 미터로 거리가 가까워진 변종 늑대의 숫자는 오십여 마리밖에 되지 않았다. 덩치가 크고 전속력으로 달리던 중이었기에 선두가 쓰러지는 바람에 서로 엉키고 넘어지는 등 순간적으로 멈춰 선 놈들이 그만큼 많았다.

그 정도 숫자는 창과 화살 그리고 볼트로 충분히 처리할 수 있었다. 보통 늑대의 두 배나 되는 몸집도 좋은 표적지가 되어 주었다.

마수화된 놈들이라서 원래라면 화살과 볼트로는 치명상을 입히기 힘든 놈들이지만 강력한 독이 큰 역할을 했다.

주춤했던 놈들이 다시 목책을 향해 달려오기 시작했지만 변종 늑대의 수는 다 합해도 100여 마리밖에 되지 않았다. 그사이 가온이 트라이던트로 삼십여 마리를 처리했고, 다른 일행이 삼십여 마리를 처리한 것이다.

가온은 이미 목책을 뛰어넘어갔다. 독에 당한 놈들의 숨통을 끊어 두기 위해서였다.

마수화된 놈들이라서 독에 어느 정도 내성이 있기 때문에 해독이라도 하게 되면 골치 아픈 존재가 될 수 있다는 판단에서였다.

순식간에 목책 주위를 한 바퀴 돈 가온의 손에 들린 흑검은 피를 얼마나 먹었는지 엷지만 요요한 광채를 뿌리고 있었다.

남은 놈들이 20미터 거리로 가까워졌을 때 흑검은 검대에 꽂혀 있었고, 그의 손에는 통짜 강철로 만들어진 날의 길이만 무려 2미터나 되고 손잡이 부분은 1미터나 되는 장도(長刀)가 들려 있었다.

'이거라면 충분해.'

마나도, 체력도 충분했다. 일행이 가까이 접근한 놈들에게 창과 화살 그리고 볼트를 날리는 동안 포션을 연속해서 마셔 두었다.

높은 등급은 아니지만 마나를 주입하자 희미하지만 시퍼런 광채를 뿜어내고 있는 장도를 든 가온은 변종 늑대 보스와 두 암컷이 달려오는 방향으로 마주 달리기 시작했다.

싸악! 삭! 싹!

변종 늑대의 선두와 부딪히려는 순간 가온은 빠르게 달려가던 그 속도를 늦추지 않고 도약을 하면서 장도를 가볍게 휘둘렀다.

그리고 그 결과는 목이 반 정도 잘린 놈 하나와 안면이 반 이상 갈라진 두 놈이었다.

공중에서 한 번 몸을 틀어서 자신을 향해 입을 벌린 놈의 턱을 도의 자루로 부순 가온은 아래로 떨어지다가 또 다른 놈의 등뼈를 부술 정도로 강하게 차면서 다시 날아오르며 다시 장도를 빠르게 휘둘렀다.

순식간에 세 놈이 무력해졌다.

그렇게 되자 후미에서 상황을 살피며 달려오던 변종 늑대 보스가 눈에 들어왔다.

다른 놈들보다 체고가 머리 하나는 더 높은 놈은 전황을 살피려는 듯 사방을 돌아보다가 가온과 눈이 마주치자 멈칫했다.

아마 인간이 도리어 자신들을 향해 달려들 줄은 생각도 하지 못한 모양이다. 지능이 높은 마수라서 그런지 눈빛에 당혹스러운 감정이 실려 있었다.

그 순간 장도가 가온의 왼손으로 옮겨지고 어느새 창을 잡은 오른팔을 뒤로 젖혔다.

변종 늑대 보스는 강력한 위협을 느꼈지만 물러나는 대신 가온을 향해 도약하는 길을 택했다. 순간적으로 창을 피할 수 없다고 판단한 것이다.

보스답게 빠르게 내린 판단이었지만 놈이 생각한 것보다 창은 훨씬 더 빨리 날아갔다.

휙!

푹!

황급히 머리를 틀어서 용케 미간을 향해 날아오는 창을 피했다고 생각했을 때 벌써 두 번째 창이 놈의 가슴팍을 깊이 파고들었다.

창이 연속해서 날아갔는데, 두 번째로 던진 창에 더 강한 힘이 실려 속도 차이가 얼마 나지 않은 것이다.

보스는 그 위험한 순간에도 놀라운 반사 신경으로 앞발을 휘둘러 창을 막았지만, 창에 담겨 있는 힘이 얼마나 강력했는지 몸이 뒤로 밀렸다.

그래서 막 떨어지는 놈의 아가리는 가온의 다리를 씹을 수가 없었다.

앞발이 바닥에 닿는 순간 자연스럽게 아래로 떨어졌던 머리를 들어 올리려던 변종 늑대 보스는 목덜미를 파고드는 예리한 도신의 감각을 느꼈지만 피할 틈이 전혀 없었다.

서걱!

순식간에 변종 늑대 보스의 목이 5분의 1 가까이 잘려 나갔다.

가온은 이제는 놈의 숨통을 끊는 데 시간을 허비하지 않고 두 암컷을 향해 도약을 하며 장도를 휘둘렀다.

변종 늑대의 보스조차 피하지 못한 장도의 빠른 궤적을 두 암컷이라고 피할 도리는 없었다.

왼손으로 휘두른 장도는 순식간에 같은 궤도에 있었던 두 암컷의 목을 정확히 반 정도 베어 무력화시켰다. 쩍 벌어진 목 사이로 피가 분수처럼 뿜어져 나가는데 제 힘을 쓸 수 존재는 없었다.

변종 늑대들은 피 냄새에 흥분해서 살의(殺意)가 고양되자 광기에 젖어서 더 이상 보스의 존재나 명령도 잊어버리고 맹목적으로 목책을 향해 달려들고 있었다.

가온이 빠진 상황이지만 일행은 자신의 역량 이상을 발휘하여 변종 늑대를 공략하고 있었다.

이미 헤븐힐의 버프와 매디의 신성 축복을 받은 상황이라서 본래보다 20% 상향된 전투력과 변종 늑대들 사이에서 마구 날뛰는 가온의 활약이 그렇게 만들었다.

워낙 덩치가 큰 만큼 목책을 뛰어넘는 놈들이 없는 건 아니었지만, 그런 놈들은 기다리고 있던 도끼창에 머리가 부서지거나 목덜미가 깊이 베이고 눈에 화살과 볼트가 박혀 목책 위에 떨어져 가시에 깊이 박힌 처참한 몰골이 되고 말았다.

그런 놈들이 얼마나 많은지 나중에 전투가 끝났을 때는 가시나무 목책 위가 거의 모두 변종 늑대 사체로 채워질 정도였다.

헤븐힐은 수시로 마나 회복 포션을 마셔 가면서 쿨 타임이 끝나는 즉시 바로 버프를 시전해서 일행의 전투력을 높였다. 거기에 다치는 이가 나오면 바로 힐까지 넣어서 전투력을 유지할 수 있도록 조치했다.

간혹 1선을 뚫고 목책 안으로 들어온 놈들도 있었지만, 그런 놈들은 타이린과 매디의 차지였다.

타이린은 이럴 때 가장 효과적인 속박 마법으로 그런 놈들의 움직임을 구속했고, 매디는 마수에게 가장 위력을 발휘하는 홀리 애로로 눈을 뚫는 방식으로 숨통을 끊어 버렸다.

보스와 두 암컷을 처리한 가온은 이제 미쳐서 목책을 향해 달려드는 놈들의 후미를 돌면서 장도를 눈부신 속도로 휘둘렀다.

짙은 피 냄새에 광분한 놈들은 후미에서 접근하는 그의 존재조차 알아차리지 못했기에 너무 쉬운 일이었다.

그렇게 변종 늑대들의 총공세가 시작된 지 불과 20여 분만에 사냥, 아니 전투는 끝났다.

물론 가온 일행의 압승이었다. 가시나무 목책은 대부분 육중한 몸집의 변종 늑대들 때문에 거의 다 부서졌지만 말이다.

워낙 많은 숫자가 한꺼번에 달려들었기 때문에 1선과 2선에 있었던 일행은 대부분 몸에 서너 군데 부상을 입은 상태였다.

변종 늑대의 앞발톱만 해도 사람의 손가락보다 더 길고 날카로운 데다 검을 튕겨 낼 정도로 단단했다.

헤븐힐과 매디 그리고 타이린이 사람들에게 포션을 마시

게 한 후 치료 마법을 연신 펼쳐 치료를 해 주었다.

몸이 멀쩡하기 때문에 다 부서진 목책 안으로 들어가지 않고 변종 늑대들의 숨통을 끊는 데 열중했던 가온은 어느 순간 안내음이 들려오자 상황이 종료되었다는 사실을 인지할 수 있었다.

─변종 늑대 무리의 습격을 성공적으로 막아 냈을 뿐 아니라 한 마리도 빠트리지 않고 모두 사냥하는 놀라운 성과를 거두었습니다! 보상으로 아이템 세 점을 획득합니다!

─레벨이 1 상승합니다!

내용은 거창했지만 변종 늑대의 레벨이 높지 않아서 그런지 보상은 생각보다 짰다.

아이템을 확인해 보니 아이템 강화석 2개와 고급 등급의 세트 방어구라서 역시나 싶었다.

그래도 레벨 상승은 항상 기분을 들뜨게 만들었다.

가온은 그 자리에서 바로 강화석을 사용해서 흑검을 강화시켰다.

다행히 두 번 다 강화에 성공해서 흑검의 공격력이 2할이나 높아져서 보상에 만족할 수 있었다.

그때 앙헬이 팔뚝 크기로 줄어든 모습으로 나타났다.

'고마웠어.'

앙헬 덕분에 자신이 직접 아공간에서 창을 꺼내 던지던 것과 비교해서 서너 배 많은 창을 던질 수 있었다. 거기에 죽은 사체들도 앙헬 덕분에 금방 아공간으로 치워 버릴 수 있었다.

─호호호. 제가 도움이 되어서 다행이에요. 그런데 주인님, 부탁이 하나 있어요.

'뭔데?'

부탁이 뭔지 궁금하면서도 애교 어린 얼굴을 하고 있는 앙헬의 모습이 너무 유혹적이라는 생각이 잠깐 들었다. 요정처럼 작아서 그렇지 이전처럼 인간과 같은 사이즈였다면 자신도 설렜을 것 같았다.

던전 경매

　-변종 늑대 보스와 두 암컷의 정혈이 제게 도움이 될 것 같은데 흡수해도 될까요?

　정기만 흡수하는 게 아닌 모양인데 큰 문제가 될 것은 없었다.

　'마음대로 해.'

　아직 숨이 완전히 끊어지지 않았는지 꿈틀거리고 있지만 피가 많이 빠져나왔으니 살아날 수는 없을 것이다.

　가온은 날개를 가볍게 흔들자 공간 이동을 하듯 순식간에 보스와 암컷들이 있는 곳에 나타난 앙헬에게 시선을 고정했다.

　앙헬이 보스의 몸에 닿는 순간 피는 물론이고 아지랑이처럼 희뿌연 연기가 놈의 몸에서 빠져나와 그녀에게 흡수되었는데, 그 과정은 불과 몇 초 만에 끝이 났다. 두 암컷의 경우도 마찬가지였다.

'정혈을 저런 식으로도 흡수할 수 있구나.'

아마 앙헬이 일반 서큐버스가 아니라 퀸이라서 가진 권능으로 생각되었다.

곧 앙헬은 흡족한 얼굴로 가온에게 돌아왔는데 뒤에 남은 세 변종 늑대의 사체는 가죽만 남아 있었다.

피는 물론 뼈와 살까지 모두 앙헬이 흡수해 버린 것이다.

물론 중상급 마정석 한 개와 중급 마정석 두 개는 건드리지 않고 가지고 왔다.

'정혈은 많이 흡수했어?'

─만족할 정도는 아니에요. 원래 지성체가 꿈속에서 교합을 통해서 발산하는 정기라야 제대로인데 이런 식으로 흡수한 정혈은 정제하는 데 시간과 공이 많이 필요하거든요. 그래도 제 성장에는 도움이 될 것 같아요. 아무튼 감사해요. 전돌아가서 정제하는 작업에 들어갈게요.

'응. 수고했어.'

그래도 앙헬 덕분에 자신이 직접 아공간 주머니에서 창을 꺼내 던지는 것보다 훨씬 쉽고 빠르게 투창을 할 수 있었다. 그가 창을 던지고 나면 바로 빈손에 그녀가 창을 쥐여 주었다.

몸을 돌린 가온은 망가진 가시나무 목책을 치우고 밖으로 나와 널려 있는 변종 늑대의 사체를 구경하는 사람들을 볼 수 있었다.

"다들 고생했습니다!"

"하하하. 우리가 이렇게 많은 변종 늑대를 사냥했다니 믿기지가 않습니다."

이번에는 자신도 한몫 제대로 거든 거메인이 파안대소를 하며 말했다.

"에휴! 하나도 남김없이 다 사냥한 건 좋은데 뒤처리가 골치 아프네요."

"골치 아프긴. 이게 다 돈인데."

퍼슨의 말에 스톤이 눈을 빛내며 말했다. 손자의 학비와 생활비 때문에 돈독이 오른 스톤이다.

"온 님, 이놈들은 어떻게 하시렵니까?"

"어떻게 했으면 좋겠습니까?"

거메인의 질문에 가온이 오히려 물었다.

"제가 잘못 생각하는 것이 아니라면 다들 그렇게 지친 건 아니고 헤븐힐 님과 매디 님 덕분에 다친 곳도 다 나았으니 내친김에 도축까지 끝냈으면 좋겠습니다."

그 말에 사람들을 둘러보니 다들 고개를 끄덕였다. 어차피 할 일이라면 나중으로 미뤄 둬 봐야 귀찮을 뿐이라는 사실을 다들 잘 알고 있었다.

그때부터 일행은 도축 작업을 시작했다.

먼저 가온은 엉망이 된 목책을 챙겼다. 그래서 망가진 것들은 그대로 두고 한두 번은 더 쓸 수 있을 것 같은 가시나무 덩어리들을 골라서 아공간에 챙겨 넣었는데 얼마 되지 않았다.

다른 사람들은 역할을 분담해서 마정석과 송곳니 그리고 발톱 등을 적출하는가 하면, 능숙한 솜씨로 가죽을 벗기고 틀을 만들어서 고정하는 등 모두 작업에 참여했다.

혼올프의 경우 고기를 훈제해서 챙겼지만, 그 양이 엄청났기 때문에 이번에 사냥한 변종 늑대까지 굳이 그럴 필요가 없었다.

타이린이 연속해서 디그 마법을 써서 커다란 구덩이들을 파 두었기 때문에 쓸 만한 것들을 적출하고 난 사체를 집어넣고 메우는 식으로 처리를 했다.

그녀는 윈드 마법으로 가죽을 말리는 작업에도 참여해서 큰 도움을 주었다.

나중에 정리를 하니 마정석이 생각보다 많이 나왔다. 물론 대부분 최하급이고 하급이 17개, 중하급 7개, 중급 3개, 중상급 한 개가 고작이었다.

가온은 일행이 의논 끝에 내놓은 안대로 각자에게 3%씩 지급하고 나머지를 가지는 것으로 배분했다. 물론 그가 잡은 놈들에게서 나온 중급 이상의 마정석은 오롯이 그의 차지였다.

쓸 만한 가죽과 송곳니 그리고 발톱들의 경우 모두 거메인이 드인 상단을 대표해서 구매하기로 해서 랑트성에 도착한 후에 배분하기로 했다.

그렇게 대충 정리가 하고 나니 어느새 해가 지고 있었다.

오늘은 이곳에서 아예 숙영하기로 해서 안전텐트를 친 후 그 외곽에 아공간에 넣었던 가시나무 덩어리를 꺼내 목책을 만들었다.

워낙 툭 터진 곳이라 안전텐트로도 좀 불안했는데 이 정도면 어지간한 마수나 몬스터가 아니라면 감히 접근할 엄두도 내지 않을 것이다.

언제 끓였는지 건네준 찻잔을 받아서 가온 옆에 온 패터는 피곤한 얼굴이었지만 표정은 무척 밝았다.

"고생했다."

"흐흣. 고생은 했지만 엄청 벌어서 기분이 날아갈 것 같아."

"입이 귀에 걸리겠다. 그렇게 좋아?"

"당연하지. 이번 여행에서 얼마나 벌었는데. 후후후. 가온, 널 만난 것이 내 인생에서 최대 축복인 것 같다."

"아직 얼마 안 살았잖아."

"그래도 그건 확실할 것 같아. 제대로 치료도 못 받고 죽어 가는 아버지를 보면서 내가 얼마나 자책하고 힘들었는지 아냐? 그대로 아버지가 돌아가셨으면 난 아마 사람 구실을 못 했을 거야. 고맙다."

그저 놀기 좋아하는 긍정적인 녀석인 줄 알았더니 실상은 아니었나 보다.

"고맙긴. 만난 지는 얼마 안 되지만 우린 친구잖아. 그나 저나 네 아버지 좀 말려 봐라. 넌 나하고 편하게 지내는데 네 아버지가 나한테는 극진하게 대하니 불편하다고."

"에이. 그건 아버지와 네 관계고. 신경 쓸 것 없어."

확실히 이런 면에서 보면 지구, 특히 한국과 이 탄 대륙은 문화나 풍습이 많이 다른 것 같다.

"나 부지런히 돈 벌어서 아버지에게 랑트에 괜찮은 집 한 채 사 드리려고."

"잘 생각했네."

퍼슨이 아직은 건강하지만 나이가 있어서 그리 오래 활동 할 수는 없었다.

모험가라는 직업은 밥 먹듯 야숙을 해야 하고 위험한 곳을 돌아다녀야 하기 때문에 원래 그 정도 나이까지 버티는 사람 도 별로 없거니와 있어도 명예롭게 은퇴한다고 한다.

"아무래도 낸시 아줌마하고 같이 사실 것 같아."

"낸시 아줌마?"

낸시라면 패터 부자가 장기 투숙하고 있는 여관의 여주인

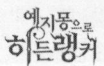

이다.

"응. 딸인 라이자하고 같이 여관을 꽤 오래 운영하셨는데 성 밖 상황이 안 좋아지면서 계속 적자만 보나 봐. 거기에 나이가 있어서 이젠 여관 운영하는 데 힘도 부치고."

참으로 희한한 일이다. 퍼슨이 병을 회복한 건 불과 얼마 전이고 두 사람이 사귈 만한 시간이 별로 없었을 텐데 말이다.

'그럼 병구완을 해 주다가 정분이 난 건가?'

아무래도 그런 것 같은데 걸리는 것이 하나 있었다.

"너 라이자 좋아하는 거 아니었어?"

분명히 가온이 봤을 때 패터는 라이자에게 큰 관심을 가지고 있었다.

"좋아하긴 하는데 이성으로는 아니야. 아버지한테 잘하고 귀여워서 동생 같거든. 기억은 안 나지만 나한테도 여동생이 있었는데 어릴 때 돌림병으로 죽었다고 했어."

젊어서부터 모험가로 활동했던 퍼슨 때문에 패터의 어머니가 꽤 고생을 했을 것 같았다.

"그래서인지 아빠도 의식을 차릴 때마다 성의를 다해서 간호해 주는 낸시 아줌마와 라이자에게 각별한 감정을 가지게 된 것 같아. 라이자의 친아버지도 걔가 어릴 때 몇 년 동안 누워서 투병하다고 돌아가셨다는 점도 두 분의 마음을 급속도로 통하게 만든 것 같아."

"좋은 일이네. 그렇게 됐으면 좋겠다."

"이제 아빠 장가보낼 자금은 대충 마련된 것 같으니까 너 따라다니려면 모험가로서 능력을 올려야지."

"그런데 네가 이런 것을 알고 있다는 건 퍼슨 씨도 알아?"

"아니. 나도 새벽에 화장실에 가려다가 우연히 아버지하고 낸시 아줌마가 정원에서 얘기를 하는 것을 살짝 엿들어서 알게 된 거야."

"그럼 빨리 결합하시는 편이 좋겠네."

"나도 그랬으면 좋겠는데 걸리는 게 많은가 봐. 사람들 입방아에 오르는 것부터 시작해서 빚도 꽤 있는 것 같고. 나나 라이자가 어떻게 받아들일지도 모를 테니 걱정이 많겠지."

"나도 연애는 젬병이라 잘 모르겠지만, 일반적으로 생각하면 두 분 다 나이가 있으니 빨리 진행하는 편이 좋지 않을까?"

"나도 그렇게 생각하는데 아버지 일이다 보니 내가 나서기가 영 그러네."

하긴 이건 자식이 나서서 처리할 문제는 아니다.

가온은 오랜만에 패터랑 이런저런 얘기를 나누다가 헤븐힐과 매디가 로그아웃을 위해 인사를 하러 와서야 일행과 합류했다.

그 이후 귀환 과정은 무척 순조로웠다.

잘 훈련된 전투마를 얻은 덕분에 이동속도가 빨라지기도 했지만, 변종 늑대 무리를 만난 것을 제외하고는 위험한 마수나 몬스터를 만나지 않았다.

가장 위험한 구간이었던 트롤의 영역은 아직 주인이 정해지지 않아 무주공산이었고, 그리핀의 습격을 받았던 드넓은 습지는 뜨거운 햇볕이 내리쬐는 한낮에 빠르게 통과해 버렸다.

물론 내내 안전한 것은 아니었다. 고블린과 오크 무리는 수시로 만났다.

하지만 미리 정찰을 해서 놈들의 동선을 알고 미리 대비한 덕분에 놈들과의 조우를 최소한으로 했다.

스밀로돈이나 샤벨타이거처럼 개별적으로 움직이는 마수들이 없는 것은 아니었지만, 미리 발견하면 말의 속도와 지구력을 따라잡지 못할뿐더러 원거리 공격 수단이 없는 놈들은 전혀 위험하지 않았다.

그래도 좋은 사냥감이 나타나면 잠시 시간을 내어 사냥도 했다.

주로 식재료로 사용하기 위해서였는데, 잡는 족족 앙헬의 아공간에 들어가다 보니 당시엔 몰랐는데, 나중에 확인하니 종류별로 수십 마리에서 수백 마리나 되었다.

본격적인 사냥을 하려면 못할 것도 없었지만 이미 많은 것을 챙긴 상태라서 전혀 욕심이 나지 않았다.

여행으로 얻은 것이 너무 많아서 그러고 싶은 생각이 전혀 없었다.

밤에 잠을 푹 잘 수 있게 되니 이동속도가 자연스럽게 빨라졌다.

안전텐트도 있었거니와 가시나무 덩어리로 만든 목책이 생각보다 쓸 만했다.

실제로 야간에도 활발하게 움직이는 워베어나 고양잇과 맹수가 마수화된 놈들이 활동할 때 남아 있었던 인간의 체취나 음식 냄새를 맡고 접근했지만, 가시나무 목책과 안전텐트 때문에 포기하는 일이 종종 있었다.

가온에게는 저녁과 새벽 시간에 걸친 수련 시간으로 인해서 굉장히 의미가 있는 여행이었다.

짧다면 짧은 기간이었지만, 수련에 전념해서 그런지 마력 서킷과 청뇌 명상법 그리고 마나 연공술의 레벨이 한 단계 이상 높아졌고, 훈 검술 역시 한 레벨이 더 올랐다.

그렇게 일행은 무사히 랑트로 입성했다.

"그사이에 플레이어들이 엄청 늘었네."

성문 앞에 도착한 시간은 막 해가 질 때였는데, 사냥을 나갔다가 돌아오는 이계인들로 엄청나게 붐볐다.

상인 계열로 전직한 플레이어들은 아예 성문 앞에 좌판을 펼쳐 놓고 사냥한 마수나 몬스터의 사체나 나온 아이템을 구입하고 있을 정도였다.

낯익은 경비병들의 반가운 인사를 받으며 성문 안으로 들어서자 그간의 변화가 눈에 확 들어왔다.

이계인 구역은 세 배 가까이 확장된 상태였고 새로운 건물들이 속속 들어서고 있었다.

게다가 현지인들까지 가세한 난전(亂廛)이 펼쳐진 공간에는 사고팔려는 사람들로 가득했는데, 호객과 흥정하는 소리로 무척이나 시끄러웠다.

내성과 가까워지자 비로소 좀 조용해졌다.

"스톤 씨는 마을로 돌아가겠군요?"

"네. 일단은요."

헤어질 때가 된 것 같아서 인사를 하려고 물었더니 대답의 내용이 좀 이상했다.

"스톤 아저씨는 당분간 우리랑 같이 지내실 거래."

패터가 대신 설명을 해 주었다.

"정말?"

어제만 해도 들은 바가 없었던 사항이다.

"사실은 우리 둘이 가진 돈을 합해서 좀 큰 집을 구입할 생각입니다."

이번에는 퍼슨이 말했다.

"무슨 이유라도?"

"여관도 손님이 거의 없는 상태고 스톤이 얼마 안 되는 친척들을 내성에서 살게 해 주고 싶어 해서 그렇게 하자고 했습니다. 우리 부자야 대장님과 자주 사냥을 나가 집을 비울 테니 말입니다."

집을 비울 동안 관리해 줄 사람이 있다면 편하기는 할 테지만, 패터에게 들었던 내용과 좀 상충되는 게 있었다.

"그, 그게……."

쉽게 입이 떨어지지 않는다.

"우리가 스톤 아저씨에게 돈을 빌려주는 거야. 우리는 나중에 따로 집을 구하려고."

패터의 말을 듣고서야 이해가 되었다.

대체 뭘 오해한 건지 모르겠다.

"그런데 친척이 많습니까?"

스톤에게 물었다.

일전에 그에게 마을이 오크에게 공격당했을 때 스타이러의 부모가 죽었다는 불행한 일은 들었지만, 친척에 대한 언급은 없었다.

"나이 차이가 좀 나는 누이와 결혼한 조카 둘이 있습니다. 손자들까지 합하면 모두 열 명이나 됩니다. 안타깝게도 매부들은 아들 내외가 사고를 당할 때……."

손자라는 말을 들으니 왠지 이상했다. 지구인이라면 이제 중년에 불과한 나이인데 말이다.

"그렇군요. 어쨌거나 한 일주일 동안은 사냥을 나가지 않고 정비하는 시간을 가질 겁니다. 다음 사냥은 같이 나가시는 거죠?"

"온 님이 내치시지만 않는다면 언제라도 목숨을 걸 수 있습니다."

진중한 태도로 볼 때 그냥 고마워서 하는 소리는 아닌 것 같았다.

"아무튼 내일 정오 무렵에 마을에 방문할 테니 그때 뵙도록 하지요."

약속한 보수의 잔금도 주어야 했고, 이전의 도축 과정에서 챙겨서 수선했을 볼트도 회수할 생각이다.

"네. 내일 뵙겠습니다."

그렇게 말한 스톤은 기대감이 가득한 얼굴로 마을 쪽으로 바삐 걸음을 옮겼다.

월성그룹의 4세인 정담덕이 길드장으로 있는 고구려 길드의 길드장 사무실에는 그와 측근 두 명이 자리하고 있었다.

"어떻게 됐어?"

"거절당했습니다."

부길드장이자 동북아 서버 랭킹 321위인 추개소문이 그렇게 대답하자 바로 정담덕의 눈썹이 꿈틀거렸다.

"거절? 10억으로 성에 안 찬다는 거야?"

"그런 건 아닌 것 같습니다. 아무래도 게시자는 중개자에 불과한 것 같습니다. 던전에 대한 정보를 아는 것도 아닌 것 같고요."

"좀 더 자세히 말해 봐."

정담덕의 말에 추개소문이 건너편에 앉아 있던 박파소에게 고개를 끄덕였다.

"아시다시피 게임즈인포는 해킹이 불가능해서 게시자에 대한 인적 사항은 알아낼 수 없었습니다."

"해킹이 불가능하다고?"

다양한 분야의 인재들을 대거 영입한 고구려 길드에는 중고등학교 시절부터 이름을 날리던 화이트 해커들도 있었다.

"표현을 정정하겠습니다. 불가능한 건 아니지만 그래 봐야 별 이득이 없다고 판단했습니다. 게시자가 던전 경매 건의 당사자라면 모르지만, 그렇지 않다면 헛수고에 불과합니다. 지속적으로 그쪽과 쪽지로 대화를 하면서 사소한 정보라도 수집하고 있는데, 아무래도 그 친구는 던전에 대한 정보 중개만 위탁받은 것 같습니다."

"흠. 그럴 수도 있겠군."

현재 던전의 경매에 몰린 관심을 고려하면 충분히 가능한 얘기다.

누군가 던전을 발견하고 비밀리에 관리하고 있는지는 알 수 없지만, 어쨌거나 공식적으로는 어나더 문두스에서 처음 등장하는 던전이 아닌가.

'혹시 모르는 상황에 대비해서 중간에 다리 하나를 더 끼워 둔 거로군. 던전 정보를 파는 것도 그렇고 이렇게 조심스럽게 행동하는 것을 보면 다른 게임에서도 꽤 활약했던 다크 게이머 출신이야.'

다른 재벌 4세와 달리 유흥이나 마약에 빠지는 대신 게임을 즐겼던 정담덕은 길드의 기획팀장인 박파소의 의견에 긍정했다.

"그렇게 판단한 근거는?"

"글을 올리고 다음 날에 30억 원을 부른 자가 있었다고 합니다. 확인해 보니 어제까지 그 이상을 부른 길드도 세 곳이나 있었고요."

"30억이라……."

사실인지는 알 수 없지만 그런 거액을 제시했는데도 꿈적도 하지 않았다면, 자신들의 제의야 가볍게 씹을 수밖에 없었다.

"사실 던전을 독점한다면 다른 두 길드와 공유한다는 점과 100일 한정의 비밀 유지 조건이 있는 지금 조건보다 훨씬 가치가 높을 겁니다."

박파소는 정담덕이 오랫동안 게임을 하면서 만난 친구로 S대와 미국 명문대를 졸업할 정도로 명석한 두뇌의 소유자로 지금은 고구려 길드에서 없어서는 안 될 지낭(智囊)이다.

　"굳이 경매를 끝까지 고집하는 이유에 대해서는 알아봤나?"

　"중개자가 보낸 메시지를 분석해 본 결과 향후 던전에 대한 기준을 세우려는 것으로 보입니다. 아시다시피 초기이기는 하지만 세이뷰어 컴퍼니 측은 게임에 관여하는 것을 극도로 꺼리고 있고, 그쪽에서 흘러나오는 정보를 고려하면 앞으로도 그럴 것 같습니다. 우리와 같은 대형 길드들이 던전을 힘으로 차지해서 계속 관리하게 되면 소수 그룹이나 솔로잉을 선호하는 수많은 플레이어들은 던전을 통해 레벨 업을 할 수 있는 기회를 아예 얻을 수 없게 될 겁니다."

　"그런다고 기준이 제대로 세워질까?"

　"저도 부정적으로 생각하지만, 만약 리자드맨 던전의 정보를 쥐고 있는 자의 능력이 새로운 던전을 찾아내는 데 특화되었다면 달라질 수도 있습니다. 그가 내건 규칙을 위반할 경우 다음 던전에 대한 정보를 더 이상 구입하지 못할 테니까요."

　"그게 가능하다고 생각해?"

　"만약 그가 랭커 중 상위 플레이어라면 가능합니다. 그리고 그 게시글에서 앞으로 다른 던전을 발견하게 되면 동일한 조건으로 경매에 붙이겠다는 내용도 있었습니다."

"음. 만약 다음 던전에 대한 정보도 이런 식으로 경매가 이루어진다면 표준이 되긴 하겠네."

박파소의 말대로 던전을 발견한 플레이어가 수위권 랭커라면 충분히 말이 된다.

최근 플레이어들은 세계 기준 레벨 1만 위까지의 랭커들을 초랭커라고 부르기 시작했는데, 그들은 마치 핵이라도 쓰는 것처럼 엄청난 속도로 레벨 업을 하고 있다.

초랭커들은 약속이라도 한 듯 어디서 어떤 플레이를 하는지조차 알려지지 않았다.

그래서 추개소문 등 고구려 길드의 수뇌부는 초랭커들이 처음부터 사망 페널티를 감수하고 어려운 도전을 지속해 왔거나, 운 좋게 던전처럼 젖과 꿀이 흐르는 사냥터를 발견한 자들이라고 생각하고 있었다.

전자도 있고 후자도 있겠지만 초랭커들은 사냥에 미친놈들임은 확실했다.

그리고 그중에 이번 리자드맨 던전을 발견한 자가 있을 것이다.

"레벨 업이 극히 어려운 게임, 그것도 다른 게임과 달리 시간과 노력이 엄청나게 필요한 어나더 문두스에서 초반부터 이렇게 치고 나간다는 건, 초랭커 중 일부는 던전을 발견하는 데 특화된 능력을 보유하고 있다는 것을 증명합니다."

그게 아니라면 말이 되지 않았다. 어쨌거나 던전은 어떤 게임이든 최고의 사냥터였다.

"다른 길드들도 그렇게 생각하는 것 같더군. 다만 혼자는 아니고 소수 정예지만, 역할이 정확히 분배된 팀을 운영하고 있을 확률이 높아. 혹은 현지인 모험가들을 대거 고용했을 수도 있고."

길드의 실질적인 무력을 담당하는 추개소문의 의견에 정담덕이나 박파소 역시 동의했다.

"이렇게 되면 정말 끝까지 질러야겠군."

"길드장님 덕분에 길드 자금은 빵빵하니 당연히 질러야 합니다. 100일 한정이라고 해도 20대 중반에서 30대 중반의 리자드맨이 나오는 던전이라면 길드의 전력을 급상승시킬 수 있습니다."

"좋아! 한번 가 보자고. 개인 랭킹은 몰라도 길드 랭킹은 동북아 서버에서 1등 자리는 놓칠 수 없어. 자금은 얼마든지 써도 좋으니까, 박파소 자네가 책임지고 낙찰을 받도록 해."

"알겠습니다. 게시자와 열심히 친분을 쌓고 있으니 너무 걱정하지 않아도 될 겁니다."

박파소는 그렇게 장담했다.

하지만 그는 몰랐다. 동북아 서버, 특히 랑트 인근에서 활동하는 길드들은 대부분 그와 비슷한 결론을 내리고 총알을 장전하고 있다는 사실을 말이다.

랑트에 귀환한 당일, 저녁 6시부로 드디어 던전의 정보를
대상으로 한 경매가 끝났다.

당연히 가온은 현실에서 매디와 만났고 그 자리에는 헤븐
힐도 참석했다.

늘 가던 치킨집이었다.

가온은 어제까지만 해도 날아갈 것 같은 기분이 여실하게
보이는 얼굴을 하고 있었던 매디가 심각한 얼굴로 들어왔기
때문에 뭔가 잘못된 것 같아 불안했다.

하지만 그 불안은 와치컴의 액정에 떠오른 비밀 댓글들을
보면서 빠르게 사라졌다.

비밀 댓글들의 행렬이 끝나자 경매의 끝을 알리는 공지 게
시글이 보였다.

물론 낙찰을 받은 당사자에 대한 정보는 비밀이었고 100일
후에는 모든 플레이어에게 던전 정보가 공개된다는 내용이
있었다.

"기대는 했지만 어떻게 이런 일이……."

"……."

직접 글을 올리고 그간의 상황을 전화나 만나서 매일 보고
해 준 매디도 그렇지만, 그 일을 옆에서 모두 보았던 헤븐힐
은 충격을 받았는지 아무 말도 하지 못했다.

가온 역시 마찬가지로 한동안 입만 벌리고 있었다.

하지만 곧 매디가 먼저 정신을 차렸다.

"계약금은 이미 제 어나더 문두스 전용 계좌로 들어왔어요. 휴우! 세 길드 합해서 계약금만 400골드네요."

계약금이 10%이나 총낙찰 금액은 4천 골드다.

지금 환율이 1골드당 55만 원 정도이니 원화로 무려 22억 원이었다.

이러니 세 사람이 한동안 정신을 차리지 못한 것이다.

"던전과 관련된 정보 파일은 어떻게 할까요?"

"바로 보내지요."

굳이 뜸 들일 필요는 없었다. 낙찰을 받은 세 길드는 예지몽 속에서도 꽤 잘나가는 대형 길드들로 신뢰도가 꽤 높았다.

"알겠어요."

매디는 그 자리에서 와치컴으로 게임즈인포에 접속해서 가온이 말한 일을 처리했다.

관련 파일은 이미 매디에게 보내 두었는데, 그녀는 가온에게 들은 던전 공략법이나 주의 사항 등 상세한 정보를 일목요연하게 정리해 두었다.

그 순간부터 세 사람은 아무 말도 하지 않았고, 먹는 행위도 하지 않은 채 매디의 와치컴만 주시했다.

얼마 후 그녀의 와치컴이 부르르 떨었다. 그리고 와치컴을 확인한 그녀의 눈이 튀어나올 듯 커지더니 이내 주먹을 쥐고 마구 흔들었다.

그런 행동은 약 10분 동안 주기적으로 이어졌다.

그리고 그녀는 마침내 와치컴의 액정을 두 사람에게 내밀었다.

어나더 문두스와 연동된 매디의 전용 계좌였다. 그리고 거기에는 차례로 찍힌 액수가 보였는데, 계약금 세 건과 잔금 세 건을 합해서 무려 3,600골드나 되는 거액이 입금되어 있었다.

"후아!"

긴 잠수라도 한 듯 숨을 토해 내는 매디의 얼굴이 순간적으로 몇 년은 늙어 버린 것처럼 피곤해 보이더니, 금방 원래대로 회복되었다.

"언니, 나 이래도 될까?"

"뭐가?"

"5%라고 해도 일주일 만에 1억 원이 넘는 돈을 벌었어."

그런 것치고는 목소리는 차분했지만 몸은 흥분을 억제하지 못하고 가늘게 떨리고 있었다.

"축하해! 이젠 네 소원대로 집에서 독립해도 되겠다."

"응. 내일 당장 여기 공실이 있는지 알아보려고."

"여기? 부모님에게 손을 벌리려고? 너 그런 거 싫어하잖아."

"아니. 직장 다닐 때 번 돈은 거의 다 썼지만 어릴 때 할아버지께 상속받아서 주식에 넣어 둔 돈과 이번에 번 돈을 합하면 가능할 것 같아."

"자, 축하주 정도는 마셔야겠지."

"우와아! 우리 마시고 죽어요!"

다른 때는 마구 달리는 두 사람을 제어하던 매디는 자신의 몫으로 배당될 돈을 떠올렸는지 막나가고 있었다.

처음과 달리 금방 담담한 얼굴이 된 가온은 오늘따라 술을 마셔도 취하지 않았다.

'액수가 너무 커서 오히려 실감이 나지 않아.'

이런 식으로 이렇게 많은 돈을 벌 수 있을 거라고는 생각해 보지 않았다.

그래서인지 아니면 큰돈을 만진 경험이 한 번 있어서 그런지 몰라도 지난번처럼 미칠 정도로 흥분되지도 않았다. 오히려 더 차분해지는 것 같았다.

물론 쓸 용처부터 생각이 나는 건 어쩔 수 없었다.

'차를 살까?'

남자의 로망인 스포츠카가 가장 먼저 떠올랐지만 이내 지워 버렸다.

한동안은 어나더 문두스에 집중할 생각이라서 차를 이용할 여유가 없었다.

'그건 나중에나 생각하자.'

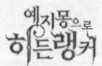

매디의 몫을 떼어 주고도 그에게는 20억이 넘는 어마어마한 돈이 생겼지만 이전에 거금을 손에 넣을 때보다 오히려 더 현실감이 없었다.

'일단 마시자!'

돈이야 버는 것이 어렵지 쓰는 건 쉽다.

가온은 일단 현재의 성과를 즐기고 쓰는 것은 천천히 심사숙고하기로 했다.

"참! 온과 온 님이 같은 스승님을 모시고 있다는 얘기는 뭐야?"

단숨에 생맥주를 절반이나 마셔 버린 미령의 입에서 생각했던 질문이 나왔다.

"온이 얘기했습니까?"

"혹시 비밀이야?"

"그건 아닙니다. 사실은 마검사에 관심이 있었는데, 온이 바로 마검사가 아닙니까? 그래서 부탁을 했지요."

"그럼 검술과 마법을 동시에 배우려고?"

"네. 전 사냥이나 레벨 업보다는 검술이나 마법을 배우고 익히는 과정 자체가 더 즐겁고 좋더라고요."

일단 이 핑계로 어나더 문두스에서 만나는 것을 늦추기로 했다.

"아쉽다. 두 온이 만나는 장면을 기대했는데……."

"그러게요. 랑트에서 함께 사냥을 해도 즐거울 것 같은데……."

다행히 두 사람은 가온의 핑계를 이상하게 받아들이지 않았다.

"나중에 제가 실력에 만족했을 때 만나서 함께 사냥하면 되지요."

"그래요. 우리는 계약을 이행하기 위해서 한동안 온 님과 함께 사냥을 하러 다닐 것 같아요. 그리고 고마워요."

매디가 붉어진 얼굴로 그렇게 말했다.

"뭐가 말입니까?"

"저희 레벨을 올려 달라고 따로 부탁했더라고요."

귀환 중에 그런 소리를 하기는 했다.

"나도 고마워!"

"고맙긴요. 서로 돕고 살아야지요."

거금이 생긴 날이기도 하지만 레벨 업 덕분에 잔뜩 흥분한 두 사람 때문에 자리의 분위기는 더없이 화기애애했다.

⊱✤⊰

다음 날 아침 일찍 어나더 문두스에 접속한 가온은 웨일 마을로 향했다.

이른 시간임에도 불구하고 마을 분위기는 무척 활기찼다. 어른들은 공터에서 무두질을 하고 제법 큰 아이들도 손을 보태는 모습이 무척 정겨워 보였다.

"온 님!"

무두질을 감독하던 촌장과 메이슨이 가온을 보고 화들짝
놀라 뛰어왔다.

"좋은 아침입니다."

"네. 온 님 덕분에 좋은 아침을 시작하고 있습니다."

두 사람은 물론 일을 하고 있던 사람들 모두 가온을 향해
깊이 허리를 숙여 인사를 해 왔기에 그 역시 눈이 마주치는
사람들에게 고개를 숙여 화답했다.

"어쩐 일이십니까?"

"도축을 맡길 것이 있어서요."

"돌아오시면서 사냥한 울프들은 이미 도축해서 드인 상단
측에 넘겼다고 들었는데……."

"울프 말고 종류별로 다양하게 사냥을 했거든요. 일단 꺼
내겠습니다."

가온은 아공간 팔찌에서 워베어부터 시작해서 오크와 몇
종류의 사슴, 멧돼지, 들소 등 사냥한 것들을 꺼내기 시작했
는데 촌장이나 메이슨이 놀랄 정도로 양이 많았다.

"마수와 몬스터를 제외하고는 식재료로 쓸 것들이니 도축
이 끝나면 발라낸 살들은…… 일단 훈제를 해 주십시오."

도축하고 바로 아공간에 넣으면 되지만 자신이 이곳에 내
내 있을 수가 없었다.

'아무래도 식자재 정도를 보관할 아공간 주머니가 더 필요하겠네.'

두 아공간 팔찌는 다른 사람들에게 공개할 수가 없었다.

'이참에 스승님을 뵈러 가야겠네.'

생각해 보니 볼코트라면 블랙팬서에게 당한 상인이 소지하고 있던 아공간 주머니에 걸려 있는 주인 인식 마법을 해제해 줄 수 있었다.

"어휴! 양이 엄청나군요."

촌장은 그렇게 말하면서도 흐뭇한 얼굴이었다. 내심 일거리를 원했던 모양이다.

"대금은 가죽으로 하면 되겠습니까?"

"네, 당연합니다. 그리고 식재료이니 최대한 빨리 도축하는 것이 좋을 것 같습니다."

대답을 한 메이슨은 물론 촌장도 가죽을 모두 준다는 말에 크게 기뻐했다. 마수나 몬스터의 가죽이 아니더라도 가죽은 무척 쓸모가 많았다.

"저희 마을 사람들만으로는 오래 걸릴 것 같으니 차라리 이웃 마을 사람들도 부르는 것이 좋겠군. 메이슨, 자네가 알아서 처리를 하게."

"네, 촌장님."

촌장의 지시를 받았지만 아직 할 일이 메이슨은 바로 움직이지는 않았다.

예지몽으로
히든랭커

"그리고 부탁할 일이 하나 더 있습니다."

"뭐든 말씀만 하십시오."

가온 덕분에 마을 사람들의 형편이 굉장히 많이 좋아졌기에 촌장의 호의는 최고조였다.

"사실은 가볍게 사냥을 나가려고 하는데 같이 갈 사냥꾼이 있는지 확인하고 싶어서 들렀습니다."

"사냥을요?"

어제 오후 늦게야 돌아왔기에 이렇게 빨리 사냥을 나갈 줄은 몰랐는지 촌장의 눈에 의아함이 가득했다.

"그렇습니다. 우리 일행 중에 이계인 두 명이 합류했는데, 촌장님도 아시겠지만 이계인들은 사냥을 통해서 성장합니다. 그래서 좀 도와주려고요."

"아! 그 얘기는 들었습니다."

"그런데 이번에는 주로 오크를 사냥할 생각인데 아무래도 수가 좀 있어야 할 것 같아서 말입니다."

자신이야 오크 정도로는 이제 레벨이 쉽게 오르지 않지만 헤븐힐과 매디는 달랐다.

이번 여정에서 엄청난 폭렙을 했지만 그래도 30대 중반은 되어야 자신이 하려는 일에 도움이 될 것 같아서 그녀들을 이른바 버스에 태우려는 것이다.

사실 좀 귀찮았지만 어제 술김에 그녀들의 레벨을 높여 주겠다고 약속을 했으니 지키려는 것이다.

"일단 스톤에게 물어보겠습니다."

"네, 그래 주십시오."

원래 스톤이 있으면 그에게 말하려고 했는데 도축하는 장소에는 보이지 않았다. 여독이 쌓였는지 늦게 일어나는 모양이다.

"아! 온 님!"

메이슨이 막 돌아서려는 가온의 발길을 붙잡았다.

"말씀하십시오."

"차라리 다른 마을의 사냥꾼들까지 부르면 어떨까요? 스톤 아저씨처럼 약초는 별 관심이 없고 사냥만 하는 분들이 마을마다 두세 명은 있습니다. 최근에는 이계인들 덕분에 바깥 상황이 좋아져서 사냥을 나갈 생각을 하고 있다고 들었습니다."

"좋은 생각입니다."

"보수 수준은 어떻게 하시겠습니까?"

듣고 있던 촌장이 눈을 빛내며 중간에 끼어들었다.

"보수는 지난번과 동일하게 지급하면 되겠습니까?"

"경력에 따라 다르지만 스톤에 준해서 주시면 됩니다."

스톤을 처음 고용할 때 일당으로 10실버를 약속했었다.

"몇 명이나 필요하십니까?"

"그럼 각 마을에서 가장 사냥을 잘하는 분으로 한 명씩 고용하겠습니다. 우리 쪽은 일단 나와 퍼슨 씨 부자, 그리고 이계인인 힐러 한 명과 신관 한 명입니다."

"알겠습니다. 제게 맡겨 주십시오."

가온은 정오 무렵에 다시 들르기로 얘기를 해 두고 성으로 돌아와서 퍼슨 부자가 묵고 있는 여관으로 향했다.

"저 왔어요!"

여관에 도착해 보니 헤븐힐과 매디 역시 막 들어온 듯 탁자에 앉으려고 하다가 그를 보고 반겼다.

"어제는 푹 쉬었어요?"

"네. 온 님 덕분에 푹 잤어요."

헤븐힐이 미소를 지으며 대답했다.

"안 그래도 온을 만나고 오는 길인데 최소한 3개월은 함께 다닐 테니, 두 분의 레벨 업을 좀 도와 달라고 하더군요."

"아! 벌써 부탁을 했군요. 안 그래도 어제 저희들에게 그런 얘기를 했어요. 그런데 가온은 아직 바쁜가요?"

"마법을 배우는 것이 쉬운 일은 아니지요. 그리고 중요한 기초 과정을 배우는 중이라서 한동안은 스승님 곁을 떠날 수 없을 겁니다."

"저희와 온 님을 이어 준 사람이라서 이 자리에 함께 있으면 좋을 텐데 좀 아쉽네요."

"온 님, 이거 받으세요."

"뭡니까?"

가온은 매디가 건네는 큼지막한 돈주머니를 보면서 의뭉스럽게 물었다.

"던전 경매 건이 마무리되었어요."

"아! 온에게 듣긴 했지만 자세한 얘기를 할 여유가 없었습니다. 얼마나 받았습니까?"

"총 4천 골드를 받았어요."

"오오! 대단하네요. 온이 그렇게 자신하더니, 역시."

가온은 환하게 웃으며 돈주머니를 받아 들었다.

"그럼 이 안에는 얼마나 있는 겁니까?"

"제 몫인 200골드를 빼고 다 들어 있어요."

"그렇군요. 온에게는 나중에 오면 제가 직접 주도록 하겠습니다. 그동안 고생했습니다."

가온은 진심을 담아 감사한 마음을 전했다. 어쨌거나 그녀가 가장 큰 공을 세웠던 것이다.

'엄청 든든하네.'

현 시세로 무려 20억이 넘는 거금이었다.

가온이 막 돈주머니를 아공간에 챙겨 넣었을 때 패터가 씻었는지 말끔한 얼굴로 홀로 들어왔다.

"온!"

"잘 쉬었냐?"

"푹 쉬었어. 그런데 아침 일찍 스승님을 뵈러 간다더니, 일은 잘 본 거야?"

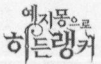

"응. 아, 그리고 이따 점심 무렵에 웨일 마을에 가기로 했다."

새로운 소식에 패터는 물론 헤븐힐과 매디도 관심을 보였다.

가온은 헤븐힐과 매디를 데리고 가볍게 사냥을 나갔다 올 예정이며 외성에 있는 마을 사람들 중에서 사냥꾼들을 고용하려고 한다는 말을 해 주었다.

"좋은 생각이야. 스톤 씨도 그렇지만 노련한 사냥꾼들은 성 근처 지리에도 밝을 뿐 아니라 혼자서도 오크 한두 마리는 감당할 수 있는 실력을 가지고 있을 테니 사냥에 도움이 될 거야. 그런데 닥치는 대로 사냥할 건 아닐 테고 목표가 따로 있는 거야?"

"앞으로 한동안 함께 다닐 헤븐힐 님과 매디 님을 중심으로 오크를 중점적으로 잡아 보려고. 레벨로만 보면 오크 사냥으로 빠르게 성장하는 데 도움은 안 되겠지만, 전투 능력을 키우는 데는 도움이 될 것 같아서."

"호오. 두 분 성장을 도와주려는 거구나. 오크 정도면 괜찮네. 순찰대를 중점적으로 노리면 어렵지 않을 거야."

오크는 2성급 몬스터로 가죽이 질기고 단단하기는 하지만 볼트는 물론 레이피어로 충분히 사냥할 수 있으니 패터의 얼굴이 밝을 수밖에 없었다.

"현지 사냥꾼들까지 고용하는 것을 보니 몇 마리만 잡고 돌아올 생각은 아니죠?"

애기를 듣던 헤븐힐이 기대 어린 얼굴로 물었다. 온의 말대로 레벨 업도 레벨 업이지만, 진짜 전투 능력을 키우고 사냥 경험을 쌓는 데에도 큰 도움이 될 것이다.

"당연하지요. 온이 말한 수준까지는 성장시켜 드릴 생각입니다."

그 정도는 사냥해야 인건비도 그렇고 헤븐힐과 매디의 레벨을 어느 정도 올릴 수 있다고 판단했다.

"그럼 제 역할은 역시 처음에는 버퍼, 나중에는 힐러인가요?"

"그렇습니다. 매디 씨도 비슷하고요."

어나더 문두스는 사냥 과정에 대한 공헌도에 따라 경험치가 나뉘기 때문에 굳이 마지막 처리를 맡기는 건 소용이 없었다.

'그래도 내 공헌도가 높으면 두 사람의 공헌도는 자연스럽게 올라갈 거야.'

이번 오크 사냥에서 자신은 전문적인 딜러 역할을 수행할 생각이다.

그래야 자신의 공헌도를 높일 수 있었고, 훈 초급 검술의 숙련도도 올릴 수 있었다.

그 전에 할 일이 하나 있었다.

"허허허. 뒤늦게 받은 이계인 제자가 최고구나!"

아직 마탑 지부에서 지내고 있는 볼코트를 찾은 가온은 이번 여정에서 얻은 부산물 중 최고의 가치를 지닌 트롤의 피 5리터가 들어 있는 가죽 자루를 선물로 내놓았다.

당연히 볼코트는 크게 기뻐했다. 예전에도 구하기가 쉽지 않은 트롤의 피였지만, 성 밖이 마수와 몬스터 세상으로 변한 지금은 더욱 구하기 힘들었다.

"그래, 부탁할 건 없니?"

원래 생각은 이번 사냥에 동행할 마법사 지원을 부탁하려고 했는데, 매디의 동생도 있으니 굳이 그럴 필요는 없었다.

아무리 볼코트가 지시한다고 해도 자존심이 하늘을 찌르는 정통 마법사에게 이계인을 돕는다는 것은 쉬운 일이 아니었다.

"아닙…… 아! 이번 여행에서 우연한 기회에 마수에게 당한 것으로 추정되는 사체에서 아공간 주머니를 하나 얻었는데, 주인 인식이 걸려 있더군요. 혹시 해제가 가능할까요?"

"후후후. 나 6서클이다. 당연히 가능하지."

볼코트의 말에 가온은 바로 아공간 주머니를 꺼냈다.

"호오. 상급 주머니로군. 꽤 높은 지위인 자가 가지고 있었던 것 같군."

달리 자신한 것이 아닌지 볼코트는 크게 어려워하지 않고 5분여에 걸쳐서 아공간 주머니에 걸려 있던 주인인식 마법진을 해체했다.

"받아라."

볼코트는 내용물도 살펴보지도 않고 아공간 주머니를 넘겨주었다.

"감사합니다, 스승님."

"그래, 마법에는 성취가 좀 있고?"

"아닙니다. 3서클 마법사가 동행해서 마법을 쓸 일이 별로 없었습니다."

"안 쓰고도 무사하면 그게 최고지만 그래도 자주 마법을 써 봐야 실력이 늘어날 것이다."

"명심하겠습니다. 그런데 지금 제 수준으로 속박 마법을 배울 수 있을까요?"

트롤 사냥에서 속박 마법의 효용을 확인한 가온은 욕심이 났다.

"2서클 마법이고 매직북으로 나와 있으니 가능하다. 하지만 숙련되기 전에는 메모라이징을 해야 할 거야."

메모라이징은 마법은 아니지만 마법사라면 필수적으로 익혀야만 하는 일종의 스킬이었다.

"그럼 속박 마법을 배우겠습니다."

"잠깐 기다려라."

금방 돌아온 볼코트의 손에는 속박 매직북이 들려 있었고 바로 익힐 수 있었다.

볼코트는 효과적인 사용 방법과 함께 자신을 대상으로 연습을 할 수 있도록 해 주어서 처음 배웠지만 단숨에 2레벨까지 올릴 수 있었다.

그 후로도 여행이나 이곳 탄 대륙의 정세 등 다양한 주제로 한담을 나누던 가온은 자주 들를 것을 약속하고 마탑 지부를 나왔다.

횡재

얼마 후, 아침 일찍 여관을 나섰다는 퍼슨이 들어왔다.

"온 님!"

"일찍부터 움직이셨다고요?"

"하하. 그렇게 되었습니다."

주문도 하지 않았는데 낸시가 아침 식사를 내오자 퍼슨이 자연스럽게 먹기 시작했다.

그가 식사를 하는 동안 일행은 이번 사냥에 관한 얘기를 하기 시작했다.

"두 사람이 제대로 성장하려면 최소한 전사장 대여섯 마리는 잡아야 할 텐데, 차라리 순찰대가 아니라 작은 무리를 사냥하는 게 나을 것 같습니다."

퍼슨이 아들 패터와 다른 의견을 냈다.

생각해 보니 차라리 돌아다니면서 순찰조를 사냥을 하는 것보다 그게 나을 수도 있었다.

"그 정도는 되어야 서포터에 해당하는 두 사람의 실력이 눈에 띄게 올라갈 겁니다."

헤븐힐과 매디는 직접 사냥을 하는 것이 아니라 서포트를 하는 입장이다 보니 레벨을 올리려면 그 정도는 되어야 했다.

네 사람은 어떻게 사냥을 해야 할지 가볍게 이야기를 나누었다.

얼마 후 식사를 마친 퍼슨이 다시 대화에 끼어들었다.

"마침 잘됐습니다."

"뭐가 말입니까?"

"어젯밤 늦게 거메인 씨가 찾아왔었습니다."

뭔가 촉이 왔다. 가온을 필두로 네 사람이 퍼슨의 말에 주목했다.

"드인 상단에서 이번에 타르벨 상단과의 거래를 통해서 철광산 하나를 인수했다고 하더군요."

"그런데요?"

"타르벨 상단은 3년 전부터 철광산 개발을 시작했는데 바깥 상황이 이렇게 변해서 그런지 지금은 광산에서 철수한 상태라고 합니다."

그렇다면 광산과 관련이 있는 의뢰일 가능성이 높았다.

"드인 상단에서는 현재 광산 일대를 장악하고 있는 오크 무리를 처리할 생각입니다. 아직 무리 규모조차 파악하지 못했지만, 꽤 숫자가 많을 것으로 예상되어 단번에 토벌할 역량은 안 되니, 일단 숫자라도 줄일 생각인가 봅니다. 그 첫 시작을 우리가 맡아 주었으면 하는 것 같습니다."

"우리가 말입니까?"

전체를 토벌하는 것은 말이 안 된다. 비록 거메인이 동행을 하면서 가온의 능력을 확인하긴 했지만 수백 마리 규모의 오크를 상대하는 것은 또 다른 문제였다.

"그렇습니다. 만약 생각이 있다면 충분한 물품 지원까지 약속했습니다. 일단 의뢰 내용은 오크 100마리를 사냥하는 것이고 보수는 200골드입니다, 물론 토벌에서 획득한 전리품은 우리 몫입니다."

'토벌이 아니라 숫자를 줄인다?'

토벌을 고려했다면 충분한 인적 지원까지 했을 것이다. 그들도 토벌하기 힘들다는 건 잘 안다는 얘기였다.

'우리가 숫자를 줄여 놓으면 그때까지 모집한 인원으로 한꺼번에 들이닥쳐서 토벌을 하겠다는 거군.'

드인 상단 측에서는 충분히 고려할 수 있는 작전이었다.

그런 거라면 좀 생각을 달리할 수도 있었다.

"그곳에 있는 오크가 얼마나 됩니까?"

"일단 그곳에 있는 오크 무리는 최근 동향은 모르고 타르벨 상단 측에서 파악한 정보로는 전사만 400마리 규모라고 합니다. 드메인 측에서는 최소 100마리는 줄여 달라고 합니다. 100마리가 넘을 경우 한 마리당 3골드의 인센티브를 추가로 지급하겠다고 했습니다."

오크의 놀라운 번식 능력과 그동안의 시간을 생각하면 숫자는 더 늘었을 것이다.

일반 전사 계급의 오크가 선임 병사의 실력과 비슷하다는 점을 고려하면 생각보다 큰 무리였다. 드인 상단에서는 그중 4분의 1 이상을 사냥해 달라는 것이다.

'시간만 충분하다면 토벌도 불가능하지는 않아.'

처음부터 전면전을 선택하지 않는다면 가능했다. 차근차근 숫자를 줄이고 마지막에 일거에 치면 말이다.

"그런데 주의할 점이 있습니다. 그 무리의 경우 철광석을 다루는 장인 오크들도 포함되어 있어 무장 상태가 아주 좋다는 겁니다."

그러니 철광산이 있는 곳에 자리를 잡았을 것이다.

오크도 그렇지만 고블린도 원시적인 수준이지만 광석을 다룰 수 있는 특별한 개체들이 있다. 그리고 그런 개체들이 포함된 무리는 좋은 무기를 보유할 수 있기 때문에 금세 규모가 확 커진다.

"혹시 놈들이 자리 잡은 곳에 대한 상세한 지도가 있습니까?"

"드인 상단에 요청하면 줄 겁니다. 그리고 그 알폴 철광산은 원래 웨일 마을과 거트 마을에서 걸어서 반나절 거리에 있기 때문에 그쪽 마을 사람들 중에서도 지리를 아는 이들이 많습니다."

그렇다면 이곳에서도 꽤 가까웠다. 말을 타면 서너 시간이면 도착할 수 있으니 말이다.

참고로 걸어서 하루나 이틀 거리는 이 탄 대륙에서는 먼 거리가 아니었다.

가온은 나름 심사숙고했지만 결론은 이미 내려져 있었다.

'차라리 이렇게 큰 건이 나아.'

이리저리 돌아다니면서 사냥을 하는 것보다는 한 무리에 집중하는 편이 효율적인 면에서 더 좋았다.

"나는 좋습니다. 다른 분들의 의견은 어떻습니까?"

"저야 온 님이 하겠다고 하면 당연히 좋습니다."

"나도 좋아!"

당장 퍼슨과 패터가 찬성했다.

두 사람은 아그레브에 다녀오면서 확인한 가온의 무력과 기상천외한 작전 능력이라면 토벌이라면 몰라도 숫자를 줄이는 정도라면 그리 어려울 건 없다고 판단했다.

"나도 찬성이에요!"

"저 역시……."

되도록 많은 사람들을 대상으로 능력을 써야 숙련도가 빨리 올라가는 헤븐힐이나 매디 역시 찬성했다.

그렇게 드인 상단 측의 의뢰를 받아들이기로 결정하니 사람들의 눈빛이 달라졌다.

"마침 웨일 마을의 촌장에게 외성에 정착한 마을의 사냥꾼들을 모아 달라고 부탁했습니다. 좋은 방어구와 무기만 주어진다면 그들도 큰 역할을 할 수 있을 겁니다."

"그러셨군요. 뛰어난 사냥꾼들이라면 이번 일에 큰 도움이 될 겁니다. 저도 모험가 동료 중에서 실력이 뛰어난 이들에게 합류를 부탁하려고 했는데, 그들이 합류한다면 굳이 그럴 필요가 없겠네요."

"그런데 언제부터 일을 해 달라고 했습니까?"

"저쪽은 빠르면 빠를수록 좋다고 합니다."

"그럼 사나흘 후에 출발하는 것으로 하지요."

거메인에게 넘긴 마수와 몬스터 부산물 판매가 이틀 후에 마무리된다. 그리고 일행, 특히 퍼슨과 패터도 쉴 시간이 필요했다.

"사나흘 후요?"

"그렇습니다. 두 사람도 좀 쉬어야지요."

"아, 아닙니다! 말을 타고 와서 엉덩이와 허벅지가 좀 불편할 뿐 피곤한 건 없습니다."

"나도 괜찮아."

퍼슨과 패터는 괜찮다고 손사래를 쳤지만 가온은 오히려 하루를 더 연장해서 닷새 후 아침에 성을 나서기로 했다.

대신 두 사람은 필요한 물자를 구입하는 일을 철저하게 마무리하기로 했다.

그렇게 얘기를 마무리하자 퍼슨과 패터는 당장 볼트부터 주문해야겠다고 여관을 나섰다.

"우리는 어떻게 할까요?"

졸지에 닷새라는 시간이 난 상황이라 헤븐힐이나 매디는 막막했다. 마냥 기다리기에는 너무 심심했지만 계약에 묶여 있으니 과감하게 자신들의 의견을 개진할 상황도 아니어서 입을 닫고 있었다.

"우리는 그냥 원래 계획대로 사냥이나 나갔다 오지요."

멀리만 가지 않는다면 충분히 사냥을 할 수 있었다.

"좋아요!"

"그럼 이곳에서 활동하는 아는 동생이 있는데 같이하면 안 될까요?"

그 말을 들어 보니 매디가 이곳으로 오려고 했던 이유가 꼭 영입을 요청하는 사람들의 요구가 귀찮아서만은 아닌 모양이다.

"괜찮습니다."

"아! 너 바로를 부르려는 거구나."

미령은 매디가 말한 동생이 누군지 아는 모양이다.

"응, 언니. 개도 길드에는 관심이 전혀 없는데 마법사로 레벨이 높은 편이라서 그런지 꽤 시달리는 모양이더라고. 요즘 며칠은 아예 접속도 안 하고 있대."

아직 필드에서 제 위력을 발휘하는 마법사가 그리 많지 않다. 그런 점을 고려하면 매디가 아는 동생의 실력은 꽤나 괜찮은 것 같았다.

"바로라면 좋은 파트너지. 아! 온 님, 바로는 매디의 친동생이에요. 이제 스무 살인가?"

"맞아, 언니. 이번에 대학교에 진학해요. 평소 생활 패턴이 전혀 달라서 대화할 시간이 별로 없어서 레벨까지는 모르지만 머리가 좋은 편이라서 실력은 괜찮을 거예요."

"그렇다면 좋습니다. 밖에서 필요한 물품은 다 있으니 바로 출발할 수 있습니다."

대신 딜러가 자신밖에 없으니 사냥꾼 중 일부를 고용해야만 할 것 같았다.

"그럼 바로 부를게요."

"그럼 이렇게 하지요. 정오에 맞추어서 웨일 마을로 오십시오. 그리고 이번 사냥은 사냥꾼들을 고용할 생각이라 고생스럽겠지만 말을 타지 않고 이동해야 할 겁니다."

스톤이야 젊을 때 용병으로 활동해서 말을 탈 수 있었지만 보통 사냥꾼이 말을 탈 기회는 거의 없었다.

"그렇다면 어쩔 수 없지요."

헤븐힐과 매디는 말을 타지 못한다는 말에 좀 걱정은 되었지만 바로 받아들였다.

가온은 그렇게 얘기를 마무리하고 잠깐의 휴식을 위해 자신의 방으로 향했다.

웨일 마을로 향하는 길 양쪽에는 어느새 누렇게 익어 가는 밀들이 불어오는 바람에 물결치듯 흔들리고 있었다.

한낮이라 햇살이 강렬해서 그런지 일하는 농부들도 보이지 않았다.

가온은 농부들이 일을 하다가 쉬는 용도로 만들어진 작은 오두막으로 들어갔다. 여관에서 일찍 나오는 바람에 아직 정오가 되려면 1시간 정도 남았으니 쉬기도 할 겸 궁금했던 아공간 주머니의 내용물들을 살펴보려는 것이다.

'자작의 장남이 사적으로 운용하는 기마대까지 움직일 정도로 힘이 있는 상인의 아공간 주머니라면 뭔가 내게 도움이 될 것들이 들어 있겠지.'

마나를 주입해서 내용물부터 확인했다.

홀로그램처럼 소지자의 눈에만 보이는 목록들.

"허업!"

목록을 확인하던 가온은 경호성을 내지르며 본능적으로 주위를 살폈다.

상급답게 900입방미터의 공간을 가진 아공간 주머니 안에는 대충 200개가 넘는 종류의 물건들이 빼곡하게 채우고 있었다.

'이래서 마차에 실려 있던 무기들은 못 집어넣은 건가?'

그런 것일 수도 있고 혹시나 누군가에게 걸리면 거래를 위한 거라고 보여 주기 위해서 도끼창과 창 그리고 화살을 실어 둔 것일지도 몰랐다.

가장 먼저 눈에 들어온 것은 가장 많은 수량을 차지하고 있는 포션 종류였다. 대부분 하급과 중급이었지만 숫자가 엄청났다.

치료 포션부터 시작해서 기력을 되찾게 해 주는 체력 포션과 소모한 마나와 마력을 회복하게 해 주는 마나 및 마력 포션 그리고 해독 포션까지 족히 5천 개는 될 것 같았다.

심지어 누군가에 바치려고 구해 둔 듯 중상급 포션도 종류별로 각각 5개씩이나 있었다.

'이거라면 당분간 포션 걱정은 안 해도 되겠어.'

포션 때문에 힐러로 이름을 떨친 헤븐힐을 영입하려고 했는데, 굳이 그러지 않았어도 될 뻔했다.

다음으로 관심을 끈 것은 다양한 무기였다. 도검 종류부터 시작해서 창과 활 그리고 화살이 궤짝으로 들어 있었는데, 숫자는 감히 헤아리기 힘들 정도였다.

세 번째로 눈에 들어온 것은 다양한 식품이었다. 대부분 건조식으로 곡물은 물론이고 육포와 건과 그리고 향신료 든

이 가장 큰 공간을 차지하고 있었다.

다음으로 가온의 관심을 끈 것은 바로 캐터펄트라고 부르는 거치형 대형 석궁이었다. 트롤이나 오우거의 힘줄을 시위로 사용하고 기계 장치로 장전하는 대형 석궁은 일반 화살보다 세 배는 더 굵고 길이도 두 배가량 긴 대형 볼트를 발사할 수 있었다.

거치형 대형 석궁은 직사형 무기라서 평지나 상대보다 고지대에서 사용해야 한다는 제약이 있기는 하지만 사용하기에 따라 아주 강력한 위력을 발휘할 수 있었다.

'이거라면 이번 사냥에서 큰 도움이 되겠군.'

랑트성에서도 구할 수 있다면 더욱 좋고 그렇지 않더라도 오크를 상대할 때 가장 효율적인 무기가 바로 대형 볼트를 사용하는 석궁이었다. 무게가 있기 때문에 어딘가에 거치를 시키거나 고정해서 사용해야 한다는 단점은 있지만 그만큼 위력이 강력했다.

일단 투기가 폭발한 오크는 화살이나 볼트 정도에는 급소가 아닌 이상 죽지 않는다. 아드레날린과 같은 호르몬 때문에 부상에 따른 고통을 일정 시간 동안은 거의 느끼지 못하는 것이다.

하지만 대형 볼트라면 얘기가 다르다. 급소가 아니더라도 제대로 활동하지 못할 정도로 근육을 파손시킬 수 있었다.

그리고 조리에 필요한 각종 도구들과 그릇들까지 생각하

면 소로본이라는 상인은 아무래도 이런 전투 관련 물품으로 크게 한 건을 하려 했던 모양이다.

'소로본이라는 상인은 조만간 이계인들이 마수와 몬스터를 사냥하거나 영주들이 기사들을 동원해서 대대적으로 토벌할 거라고 생각하고 엄청난 무기를 구입해 둔 거구나.'

빠르게 늘어나고 있는 이계인과 그들의 성장 속도를 고려하면 틀린 예상은 아니다.

예지몽 속에서도 이계인들의 사냥 실력과 그 실적이 빠르게 높아지면서 각 왕국들과 제국에서는 조만간 마수와 몬스터를 대상으로 대대적인 토벌 작전을 실시하려는 움직임이 있었다.

아마 그런 움직임이 가시화되면 소로본은 엄청난 돈을 벌었을 것이다. 광산의 70% 이상이 험준한 곳에 위치해 있어 마수와 몬스터의 손에 들어간 상황을 고려하면 더욱 그랬다.

'아무튼 횡재했군. 죽으면서도 엄청나게 아쉬워했겠어.'

소로본은 그야말로 건곤일척의 기회를 노리고 전 재산을 투자해서 준비를 했지만 아그레브에 도착하기 하루 전에 마수화된 블랙팬서에 의해 잠을 자다가 참변을 당하고 만 것이리라.

'그게 아니면 아그레브 자작자의 대공자라는 놈이 시킨 일일 수도 있고.'

그 외에도 가치가 높은 것들이 있었다. 미스릴 가루와 금

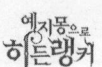

가루 등 마법사들이 마법진 재료로 사용하거나 실험 시약으로 사용하는 희귀 재료들은 물론 다양한 마법이 내장된 두루마리들까지 있었다.

그것을 보자 처리할 것이 2개나 더 있다는 사실을 떠올릴 수 있었다. 리자드맨 던전과 사령술사의 던전에서 얻은 마법 관련 물품들이 그것이었다.

'대체 이걸 돈으로 환산하면 얼마나 될까?'

가온으로서는 도무지 상상할 수 없는 금액이 될 것이다.

물론 그렇다고 마구 꺼내 쓰는 건 금물이다. 소로본의 행적을 알고 있는 자들이라면 그가 실종된 인근의 동향을 살피고 있을 테니 말이다.

대충 아공간 주머니 안에 있는 물품을 확인한 가온은 그사이에 꽤나 시간이 지났음을 인지하고 자리에서 일어났다.

<hr />

웨일 마을에 도착하니 마을 앞 나무 아래에서 헤븐힐과 매디 그리고 처음 보는 청년 한 명이 기다리고 있었다.

"바로라고 합니다."

"온입니다."

바로는 작은 체구에 온화한 인상을 가진 누나와 달리 짙은 눈썹과 부리부리한 눈 그리고 큰 체구를 가지고 있어서 무척

호방한 인상을 가지고 있었다. 물론 외모 변경을 크게 하지 않은 것이라면 말이다.

"형님이시죠?"

"그런 것 같습니다."

현재 모습인 온과는 한참 차이가 있고 실제로도 바로가 두 살 아래였다.

"말 편하게 하세요. 앞으로 형님으로 부르겠습니다."

"그래. 잘 지내자."

인상도 좋고 태도도 깍듯한 것이 생각보다 성격이 더 좋은 것 같아서 마음에 들었다.

"마법사라고?"

"네. 전직한 지 얼마 되지 않았습니다."

그런데도 영입 제의가 많다면 마력 운용이 뛰어나거나 상황에 맞추어서 마법을 제대로 사용하는 능력이 있을 것이다.

"마침 마법사가 필요했는데 잘됐네. 반가워."

"누나들에게 말씀은 많이 들었습니다. 잘 키워 주십시오."

"키워 주기는, 아무튼 잘 지내보자고."

"네, 형님!"

그렇게 대화를 나누고 있을 때 스톤이 빠르게 다가왔다.

"스톤 씨."

"대장님, 기다리고 있었습니다."

"일단 이거부터 받으십시오."

가온은 보수 중 잔금을 넉넉히 넣은 주머니를 건넸다.

"감사합니다. 안에 자리가 준비되어 있으니 들어가시지요."

"그럼 갈까요."

스톤은 가온 일행을 도축을 진행하고 있는 공터와 조금 떨어진 곳에 기둥과 지붕만 있는 건물 한 채로 안내했다.

안으로 들어가니 통나무를 잘라서 만든 의자에 모두 네 명이 앉아 있다가 자리에서 일어나서 호기심과 기대감이 드러나는 눈빛으로 묵례를 해 왔다.

이전이라면 몰라봤겠지만 마나를 다루게 된 지금은 그들의 몸에서 발산되는 살기와 투기를 자연스럽게 느낄 수 있었다.

'스톤만큼이나 실력이 뛰어나구나.'

오랫동안 죽음과 가깝게 살아온 사냥꾼 특유의 기운이 아직 날카로운 것으로 보아서 지난 2년여의 기간 동안 쉬었음에도 불구하고 그들이 얼마나 뛰어난 사냥꾼인지 알 수 있었다.

"우리 마을처럼 외부에 살다가 들어온 네 마을에서 오랫동안 사냥을 해 온 이들입니다. 다들 인사하지. 온 대장님이시다."

"온 훈입니다."

가온의 소개에 이어 스톤이 다른 마을의 사냥꾼들을 차례로 소개했는데, 대부분 그와 연배가 비슷했고 그중 두 명은 일전에 이 마을에서 한번 본 이들이었다.

"다들 저 못지않게 사냥 실력이 뛰어나서 온 대장님에게 도움이 될 겁니다."

"스톤 씨가 자신하는 만큼 저 역시 믿겠습니다. 다들 촌장님께 들어서 알겠지만, 이번에 큰 규모로 사냥을 하려고 합니다."

"사냥 대상은 어떤 놈입니까?"

어느새 회색으로 변해 가는 구레나룻이 인상적인 날렵한 체구의 벡이 물었다.

"오크입니다. 적어도 100마리 이상은 사냥할 생각입니다."

굳이 드인 상단의 의뢰를 받았다는 말까지 지금 할 필요는 없었다.

"오크라면 저희들이 도움이 되겠군요."

"최근 동향까지는 몰라도 오크들이 자주 출몰하는 길목은 알고 있습니다."

"순찰대를 노린다면 비교적 안전하게 사냥할 수 있을 겁니다."

사냥 대상을 들은 사냥꾼들의 표정이 밝아지며 이런저런 말을 꺼냈다. 대상이 능력을 벗어난 위험한 놈이라면 발을 뺄 생각들을 하고 있었던 모양이다.

"보수는 일당제로 하려고 합니다. 활과 화살을 포함한 무

예지몽으로
히든랭커

기는 이쪽에서 제공할 겁니다."

앞으로도 그 정도는 제공할 생각이다.

"보수 수준이나 어떻게 지급하실지 물어도 되겠습니까?"

검게 탄 이마에는 깊은 주름이 있었지만 목이나 다른 곳의 피부는 주름이 없는 놀란이 조심스럽게 물었다.

아마 이들에게는 보수가 가장 중요할 것이다.

"아마 알프 촌장님에게 들었겠지만 일당은 하루 10실버이고 사냥 공헌도에 따라서 추가로 인센티브도 지급할 생각입니다. 선금은 절반으로 출발하기 직전에, 그리고 나머지는 돌아와서 지급하는 것으로 했으면 합니다."

굳이 부산물에 대한 지분까지 정해 버리면 나중에 정산하기만 골치 아프다. 사냥 결과가 좋을지 나쁠지 알 수 없을 경우에는 그런 부분까지 넣어서 고정 보수를 줄여야 하지만 가온은 그런 걱정은 전혀 하지 않았다.

"하겠습니다!"

당장 네 명 모두 가온의 제의에 수락했다. 스톤이야 말할 필요조차 없었다.

안 그래도 이계인들의 사냥 활동이 활발해지면서 사냥을 시작하려는 참이다.

하지만 사냥은 운이 좋아야 큰돈이 되지 운이 나쁘면 고생한 보람이 전혀 없다. 그러니 이렇게 일당을 받는 편이 현재의 곤궁한 형편에는 훨씬 더 도움이 되었다.

"좋습니다. 일단 일정은 닷새 후부터 시작해서 엿새 정도로 잡고 있습니다."

스톤만 있다면 몰라도 다른 사냥꾼들은 아침에 얘기를 들었을 텐데 당장 사냥을 나가자고 할 수는 없어 드인 상단의 의뢰를 수행할 때 동행하기로 했다.

"안 되는 분은 얘기를 해 주십시오."

아무도 손을 들지 않았다.

가온은 그 자리에서 바로 선금을 지급하는 것으로 계약을 마무리했다.

"하하하! 스톤 말대로 아주 화통하신 분이군요. 성심을 다해서 사냥이 잘 마무리되도록 하겠습니다."

유난히 키가 크고 팔다리 역시 길쭉길쭉했지만 근육이 잘 발달한 몸을 가지고 있는 론이 기분이 업된 듯 크게 웃으며 허리를 깊이 숙였다.

보통 선금은 출발하기 직전에 받기 때문에 이 자리에서 바로 받을 거라곤 기대하지 않았기에 더욱 기분이 좋았다.

다른 사냥꾼들도 마을에 남을 가족 친지들에게 큰 도움이 될 수 있는 거금을 선금으로 받아서 그런지 얼굴이 아주 밝았다.

"대장님, 그럼 그동안은 성내에서 머무르실 생각입니까?"

다른 마을의 사냥꾼들이 막 건물을 빠져나가려고 할 때 스톤이 물었다.

"아닙니다. 새 동료들이 합류해서 손발을 맞추어 볼 겸 하루 이틀 일정으로 사냥을 나갔다가 올 생각입니다. 본격적인 사냥 준비는 퍼슨 씨와 패터가 하고 있습니다."

"그럼 제가 함께 가겠습니다!"

"좀 더 쉬지 않으시고요?"

"놀면 뭐 합니까. 대장님과 사냥을 나가면 그게 다 돈인데요."

손자인 스타이러가 돈이 많이 필요한 기사 아카데미에 입학해서 그런지 스톤이 욕심을 부렸는데, 얼굴색이나 움직이는 것을 보면 다행히 여행의 피로는 어느 정도 풀린 것 같았다.

"하하하. 그럼 부탁하겠습니다."

그때 발을 멈추고 두 사람의 대화를 용케 들은 사냥꾼 중 둘이 서로의 눈을 보더니 고개를 끄덕였다.

"온 대장님, 부탁이 있습니다."

말을 꺼낸 것은 로벤으로 웨일 마을의 옛터와 가까운 거트 마을 출신이었다.

"말씀하십시오."

"오늘 하시려는 사냥에 저희들도 끼워 주시겠습니까?"

그렇게 묻는 로벤의 옆에는 역시 웨일 마을과 가까운 노스턴 마을 출신의 벡이 있었다.

"괜찮겠습니까? 늦으면 출발 전날이나 돌아올 생각입니다만."

"상관없습니다."

아무래도 두 사람은 돈이 급한 모양이다.

"좋습니다. 그렇게 하지요. 두 분이 쓸 무기는 있습니까?"

"혹시 몰라서 활과 화살을 챙겨 왔습니다."

"화살이 좀 부족하긴 한데 나가서 만들어도 됩니다."

둘 다 수렵용 장궁을 쓰는 것 같은데 화살통은 하나만 챙긴 것 같았다. 그리고 화살의 경우 촉만 금속이고 대는 나무를 다듬어서 사용해 온 것 같았다.

"혹시 강철 화살을 사용할 수 있습니까?"

촉만 철제이고 대는 나무로 만든 화살은, 굵고 긴 털이 빽빽하게 나 있는 데다 질기고 두껍기까지 한 가죽을 가지고 있는 오크를 효과적으로 사냥하기는 힘들다.

"당연합니다!"

두 사람은 입을 모아 대답했다. 돈 문제 때문에 통짜 철제화살을 사용하지 못하는 것일 뿐 충분히 사용할 수 있었다.

"그럼 화살은 제가 제공하도록 하지요."

가온이 화살을 무상으로 제공한다고 하자 두 사람은 크게 기뻐했다. 사냥꾼인 만큼 위력이 강력한 무기를 쓸 수 있다는 건 대단히 기쁜 일이었다.

애기가 마무리될 때쯤 스톤이 갑자기 물었다.

"대장님, 혹시 방패수가 필요하지 않을까요?"

"방패수요?"

"네. 이 세 분을 지키려면 말입니다."

생각해 보니 스톤의 말에도 일리가 있었다. 그와 세 사냥
꾼은 딜러 역할을 해야 하니, 서포터인 세 사람을 지킬 인원
이 따로 필요했다.

가온은 원래 세 사람에게 방패수의 역할을 맡길 생각이
었지만 다른 사람들 모두 그런 생각을 하지 못했다.

"어울리는 사람이 있습니까?"

"지난번에 대장님과 함께했던 애덤이나 라프도 그렇고,
체격이나 힘이 좋은 젊은 녀석들이 몇 명 있습니다. 사냥도
어느 정도는 할 줄 아니 저희 보수의 반이면 도축이나 온갖
궂은일을 마다하지 않을 겁니다."

힘과 체력이 좋은 라프라면 전문적인 탱커까지는 아니지
만 방패를 들면 확실히 오크의 공격은 두세 번 이상 막아 낼
수 있을 것이다.

스톤은 한 명이라도 더 마을 사람들이 고용될 수 있다는
마음에서 한 소리겠지만, 도축 얘기를 들은 가온은 혹했다.

앙헬의 아공간이 넉넉하다고는 해도 사체를 통째로 가지
고 오는 것보다는 그 자리에서 필요한 것만 정리하는 편이
나았다.

당장 웨일 마을만 해도 도축하고 난 사체들을 사람들이 힘
을 모아서 판 거대한 구덩이에 넣고 다시 덮는 일을 하고 있

는데 냄새가 장난이 아니었다.

"좋습니다. 세 명 정도라면 괜찮을 것 같습니다. 그런데 지금 당장 움직일 수 있겠습니까?"

"당연하지요. 미리 운은 떼어 놓았습니다."

"그렇다면 1시간 드리겠습니다. 성문 앞에서 만나는 것으로 하지요."

가온은 방패수들을 이틀 동안 고용하는 보수인 30실버의 절반에 해당하는 15실버씩을 선금으로 먼저 주었다.

마을을 위해서 값진 일을 했다는 생각에 스톤이 환해진 얼굴로 사람들이 일하고 있는 도축장 쪽으로 뛰어갔다.

그런데 뜻밖에도 로벤과 론도 비슷한 부탁을 해 왔다. 스톤을 지켜보고는 그들도 자신들의 마을 사람들을 챙기고 싶은 모양이다.

가온은 짧은 고민 끝에 그들의 청을 수락했다. 하루 5실버의 보수가 부담스럽지 않은 데다 세 플레이어의 안전을 위해서는 방패수가 많으면 많을수록 좋았다.

고민한 이유는 수가 많아지면 안전텐트를 사용할 수 없어서였는데 위험도는 높아지지만, 이들에게는 일상이니 상관은 없을 것 같았다.

가온은 두 사람에게 각각 세 명씩만 뽑도록 허락하며 선금인 15실버씩을 주었다.

"시간은 엄수하겠습니다!"

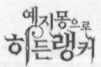

두 사람은 스톤처럼 아직 운을 뗀 것이 아니기에 서둘러 자신의 마을 사람들이 일하는 쪽으로 달려갔다.

"우리는 이계인 전용 구역으로 가서 식사라도 하지요."

가온이 그렇게 말했는데 그때까지 진행되는 경과를 모두 확인한 바로의 얼굴이 이상했다.

"왜?"

"아, 아닙니다. 아직 20대 후반이신 것 같은데 누나에게 들은 실력이나 마검사이신 것도 그렇고 일 처리나 사람 다루는 것 그리고 그 와중에 드러나는 마음 씀씀이가 굉장히 인상적이어서 말입니다."

뭐 현실에서야 20대 후반의 남자라고 해야 극소수를 제외하고는 사회 초년생이니 바로가 놀랄 수도 있기는 했다.

"칭찬으로 알아들으면 되는 거지?"

"넵, 대장님."

바로는 스톤이 대장이라고 부르자 이름보다는 그편이 더 좋다고 생각한 듯 힘차게 소리쳤다.

버스의 위력

정오가 막 지난 시각, 성문 밖에는 총 열두 명이 가온 일행을 기다리고 있었다.

세 사냥꾼을 제외한 아홉 명은 다들 라프만큼이나 체격이 크고 힘이 좋게 생긴 청년들이었는데, 무슨 소리를 들었는지 인사를 할 때 가온을 무척 어려워하는 기색이었다.

웨일 마을 출신들도 있을 텐데 다들 처음 보는 얼굴인 것을 보면 다른 일을 했었던 모양이다.

'뭐 시간이 지나면 괜찮아지겠지.'

일단 무장 상태는 마음에 들었다. 다들 레더아머는 갖추어 입은 상태였고 창이나 활을 들고 있었다.

스톤이 사람들을 대표해서 물었다.

"어디로 갈까요?"

"혹시 알폴광산이 어딘지 알고 계십니까?"

"거기라면 잘 알지요. 폐쇄하기 전까지만 해도 우리 마을 사람들 중에 그곳에서 일하던 사람들이 있었습니다."

"그쪽으로 방향을 잡으세요."

"알겠습니다. 서둘러도 족히 반나절 이상 걸릴 겁니다."

그렇다면 어두워진 후에나 도착할 것이다.

"어두워지기 전에 안전한 곳에서 숙영했으면 좋겠습니다."

굳이 무리할 필요는 없었다. 사냥도 사냥이지만 실제로는 정찰을 겸해서 나가는 것이니 말이다.

"네, 적당한 장소를 알고 있습니다."

역시 노련한 사냥꾼다웠다.

"그럼 출발하지요."

아마 헤븐힐을 비롯한 세 사람에게는 힘든 강행군이 될 것이다. 강한 햇볕이 내리쬐는 건조한 한낮에 대여섯 시간은 족히 걸어야 하니 말이다.

어나더 문두스는 또 다른 세상이라는 이름답게 현실감이 뛰어났기 때문에 고스란히 강렬한 햇볕과 뜨겁고 건조한 열기를 감당해야만 했다.

그래도 일행인데 고생할 것 같아서 잠시 고민을 하면서 걷던 가온은 아그레브에서 쇼핑한 물건 중 이 상황에 어울리는 물건을 찾아냈다. 챙이 넓은 모자와 통기성이 좋은 천 재질로 만들어진 서코트인데 특이하게도 모자가 달려 있었다.

사람들은 마침 필요하던 물품에 반색을 하며 연신 고개를 숙여 감사 인사를 했다.

사제인 매디나 마법사인 바로는 사람들에게 하도 시달려서 그런지 법복이나 로브를 걸치지 않았고, 헤븐힐처럼 오크 가죽을 가공해서 만든 평범한 레더아머만 걸치고 있었다.

그런 상황에서 모자라면 몰라도 통기성이 좋다고는 해도 무거워 보이는 서코트를 걸치라니 질색을 했지만, 경험이 많은 것 같은 가온이 입으라고 하니 어쩔 수 없다는 표정으로 받아 걸쳤다.

그런 모자가 달린 서코트의 진가는 금방 알 수 있었다. 덥고 건조한 날씨에서는 뜨거운 햇빛만 제대로 가려도 체력 소모 면에서 큰 도움이 된다는 사실을 느낄 수 있었다.

가온 일행은 다소 빠른 걸음으로 40분 행군에 20분 휴식의 원칙을 지켜 가면서 이동했다.

세 번의 휴식이 끝나고 다시 걷기 시작한 지 10여 분이 지나자 편평한 지형이 끝나고 산이 시작되었다. 아마도 목적지인 알폴광산은 산속으로 들어가야만 나오는 것 같았다.

그런데 막 숲으로 들어가려고 할 때 정찰을 맡은 로벤이 손을 들어 올리더니 재빠르게 길게 자란 풀 사이로 주저앉았다.

일행은 미리 들은 대로 그 자리에 멈추어서 엄폐물을 찾아서 숨거나 그도 없으면 풀 속에 최대한 몸을 낮추었다.

물론 가온은 예외였다.

불과 몇 걸음 만에 로벤이 있는 곳까지 소리 없이 뛰어간 가온은 그로부터 오크 냄새가 난다는 귀엣말을 들었다.

바람은 자신들 쪽으로 불어오고 있으니 오크 냄새는 숲속에서 바깥쪽으로 나오는 것일 터다.

'점핑 앤 플라잉!'

바닥을 박찬 가온의 몸은 단숨에 4미터 이상 뛰어오르는가 싶더니 마치 허공에 안 보이는 계단이라도 있는 듯 허공을 박차고 한 번 더 도약해서 6미터 가까이 날아올랐다.

그리고 그의 몸은 가볍게 높은 나뭇가지에 안착하는가 싶더니 마치 나는 것처럼 몇 미터는 떨어져 있는 나뭇가지들을 밟고 다른 나무로 옮겨 가면서 숲속으로 사라졌다.

그 모습을 처음 본 사람들의 눈이 휘둥그레졌다.

"누나, 봤어? 와! 무슨 사람이 새처럼 움직이냐!"

처음으로 가온의 실력 일부를 확인한 바로 역시 크게 흥분했다.

"범상치 않은 사람이긴 하지."

매디도 놀라긴 마찬가지였다. 아그레브를 떠나 랑트성까지 오는 동안 그의 실력은 충분히 확인했지만, 저런 묘기와 같은 움직임은 보지 못했던 것이다.

"대체 얼마나 민첩하면 저 정도 움직임이 가능한 거지? 기사는 아니라고 하지 않았어?"

"확실히 기사는 아니지만 더 대단해. 그리고 달리는 건 더 대단해."

"달리는 거?"

"응. 엄청 빨라. 100미터를 2~3초에 뛰는 것 같아."

"그 정도라고? 그렇다면 마나를 사용하는 것일 텐데, 대단하네."

그렇게 사람들이 소리를 죽여서 가온의 움직임을 보고 놀란 감정을 주고받을 때 숲 안으로 사라졌던 가온이 다시 나타났다. 역시 나뭇가지들을 새처럼 날아서 움직이고 있었다.

가볍게 날아서 로벤의 옆에 착지한 가온이 손짓으로 일행을 불렀다.

"오크 스무 마리가 사냥을 끝내고 마을로 돌아가고 있습니다. 우리가 조금만 빨리 움직인다면 습격하기 좋은 장소에 매복할 수 있을 것 같은데, 어떻습니까?"

"첫 사냥치고는 적당한 숫자군요."

3시간이나 힘들게 이동한 참이라서 되도록 오크와 붙는 것은 피하고 싶었던 사람들도 있었지만, 스톤의 말을 듣자 마음이 달라졌다.

어차피 사냥을 나온 길이다. 그리고 좋은 장소를 선점해서 습격을 하는 것이라면 오크 스무 마리는 그의 말대로 적당한 숫자라는 생각이 든 것이다.

가온은 사람들의 의견이 대충 맞춰진 것 같다는 생각이 들자 바로 이동을 명령했고 자신이 앞장섰다.

가온 일행이 자리를 잡은 곳은 좁은 고갯길이었다.

고개는 한쪽은 가파른 경사의 절벽이었고 다른 한쪽은 산 정상으로 이어지는 급경사로 정상까지는 약 50미터 정도 더 올라가야 했다.

가온이 선정한 장소는 고개에서 정상 쪽으로 대충 7~8미터 올라간 곳인데, 잡목 사이로 잎이 무성한 덩굴 식물들이 가득해서 아래쪽에서는 잘 보이지 않았다.

방금 전 고개 아래쪽을 정찰하고 돌아온 스톤이 얘기한 바에 따르면 5분 정도면 오크들이 바로 아래의 고갯길에 모습을 드러낼 것이다.

바로는 메모라이징한 공격 마법을 다시 확인하고 있었고 사냥꾼들은 활의 시위에 화살을 걸었다. 그리고 나머지는 창 다섯 자루씩을 지급받았다.

창은 청년들에게 생소한 무기가 아니다. 다들 마을 자경대에서도 활동한 만큼 가장 쉽게 배울 수 있으며 위력적이기도 한 무기인 창은 가장 익숙한 무기였다.

게다가 7~8미터 떨어져 있다고 해도 위에서 아래를 향해 던지는 것이기에 크게 빗나갈 일도 없었기에 청년들의 사기는 높았다. 사냥꾼이 아니라고 해도 몬스터를 상대한 경험이 아예 없는 건 아니었다.

"반드시 죽일 필요는 없습니다. 몸통이나 그도 아니면 다리를 노리십시오."

가온은 헤븐힐과 매디 그리고 바로가 조금이라도 더 공헌도를 높일 수 있도록 그렇게 주문했다.

마침내 30미터 정도 떨어진 숲에서 빠져나온 오크들이 눈에 들어왔다.

놈들은 가온의 말대로 스무 마리 정도 되었는데 큰 체구의 뿔사슴 네 마리를 사냥해서 길고 굵은 막대를 이용해서 두 놈이 한 마리씩 어깨에 걸고 있었다.

"부탁해요!"

"버프!"

"홀리 파워!"

가온의 말에 헤븐힐은 전 스텟을 5분 동안 5%나 올려 주는 광역 버프를 걸어 주었고, 매디는 비슷한 스텟 상승효과를 가졌으면서 마수나 몬스터를 상대할 때 더욱 강력한 효과를 발휘하는 축복을 걸어 주었다.

30미터는 금방이었다.

마침내 오크의 선두가 일행이 숨어 있는 바로 아래를 통과하는 순간 가온이 몸을 일으키면서 트라이던트를 던졌다.

쐐액!

그게 신호였다. 숨어 있던 이들이 일제히 몸을 드러내면서 아래를 향해서 화살과 창을 날렸다.

미리 준비하고 있었던 바로 역시 파이어 애로를 날렸다.

취익!

퀘액!

오크 특유의 비명과 함께 순식간에 여섯 마리가 몸통과 다리에 화살과 창이 꽂힌 채 바닥에 쓰러졌는데, 그중 한 마리는 머리에 박힌 불화살이 계속 타고 있었다.

오크들은 느닷없는 창과 화살 공격에 정신을 차리지 못하고 있었다. 피할 곳이라고는 고개의 양쪽 아래쪽이었지만 명령을 내릴 전사장 한 놈은 가온의 트라이던트에 머리통이 뚫려 죽은 상태였다.

일행의 공격은 계속 이어졌다.

가온은 앙헬이 아공간에서 꺼내 주는 다른 트라이던트를 잡기가 무섭게 마나를 주입한 후 다음 목표인 또 다른 전사장을 향해 빠르게 던졌다.

푹!

'됐다!'

트라이던트는 마나가 주입된 상태라서 화살보다 더 빠르게 날아가서 아까 던졌던 트라이던트가 그랬듯 전사장의 머리를 노렸는데, 놈은 글레이브로 맞받아쳤지만 실린 힘 때문에 자루가 놈의 안면부를 후려쳤다.

전사장 두 마리 중 한 놈은 즉사했고 한 마리는 제정신을 차리지 못하는 상황이니 빨리 숨통을 끊어야만 했다.

가온은 그런 판단을 내리고 바로 아래를 향해 뛰어내렸다.

퍽!

위에서 날아 내리는 인간의 모습을 멍하니 쳐다보던 오크의 머리를 힘주어 밟은 가온의 몸이 자신이 후려친 창대에 안면을 맞아서 부러진 코를 부여잡고 오만상을 찌푸리고 있는 오크 전사장을 향해 날아갔다.

어느새 가온의 손에 들려 있는 흑검이 흐릿한 빛을 뿜어 냈다.

코에서 피를 질질 흘리는 와중에서도 자신의 머리를 향해 날아오는 인간의 검에서 위험한 기세를 감지한 오크 전사장이 있는 힘을 다해서 머리를 틀려고 했지만 그때는 이미 늦었다.

사악!

어느새 흑검은 오크 전사장의 목을 반쯤 베어 버리고 지나간 것이다.

그 후 가온은 오크 사이를 미꾸라지처럼 빠르고 민활하게 이동하면서 흑검을 휘두르고 찌르기를 반복하며 치명상을 입혔다.

물론 일행도 위에서 가온과 멀찌감치 떨어진 놈들을 화살과 창으로 공격했다.

당연히 화살과 창을 쳐 내는 놈들도 있었지만 위에서 아래로 쏟아지는 투사체들을 모두 감당할 수는 없었다.

오크들은 하나둘 빠르게 온몸에 화살과 창이 박힌 상태로 죽어 갔다.

그사이 가온은 흥분과 살기로 눈이 번들거리는 오크 사이를 움직이면서 근육과 관절을 베거나 부숴서 착실하게 전투력을 약화시켰다.

상황이 일방적으로 변하자 오크 세 마리가 각각 반대편으로 도망치기 시작했는데, 한 마리는 바로의 파이어 애로에, 다른 두 마리는 노련한 세 사냥꾼이 날린 화살을 허벅지에 맞고 쓰러졌다.

그렇게 습격한 지 불과 5분도 지나지 않아서 사냥은 끝이 났다.

전사장 두 마리를 포함한 오크 스무 마리가 순식간에 전투력을 상실한 것이다.

"내려와요!"

가온의 지시에 한달음에 달려 내려온 헤븐힐과 매디 그리고 바로는 가까운 거리에서 창을 힘껏 급소를 향해 던지는 방식으로 부상을 입은 오크들의 숨통을 끊어 마무리를 했다.

마지막 숨만 남겨 둔 상황이 아니라 충분히 전투를 할 수 있는 놈들을 처리하는 것이다.

본디 마수와 몬스터는 숨이 끊어지기 전까지는 괴력을 발휘할 수 있지만, 지금 상황에서는 불가능했다.

"오! 레벨 업!"

"저도 레벨이 올랐어요!"

"누나, 나는 3레벨이나 올랐어!"

마무리만으로 높은 공헌도를 얻는 것은 아니지만 그래도 효과는 있었다. 헤븐힐과 매디는 각각 1레벨씩 올랐고 전직한 지 얼마 안 된 바로는 무려 3레벨이 올랐다.

그동안 쌓였던 경험치가 있었는지 전사장 두 마리를 홀로 사냥한 가온도 레벨이 1올랐다.

"생각한 대로 좋은 결과가 나와서 다행입니다. 이런 식으로 사냥을 하면 레벨이 빠르게 올라갈 겁니다."

이게 바로 버스의 위력이었다.

⁂

그렇게 네 사람이 대화를 하는 사이에 청년 아홉 명은 오크의 심장을 갈라 마정석을 적출한 후 나무에 거꾸로 몸을 걸어 단검으로 동맥을 베어 피를 빼내고 능숙한 솜씨로 가죽을 벗겨 내기 시작했다.

일행이 그렇게 도축을 하는 동안 가온도 논 것은 아니다.

"디그! 디그! 디그!"

마나가 바닥을 칠 정도로 연속해서 디그 마법을 사용해서 기존의 작은 구덩이를 깊이 파 들어갔다. 일행 모두가 안전하게 밤을 보낸 은신처를 만들기 위해서였다.

이번에는 안전텐트를 사용하지 않을 생각이다. 말이 새어 나갈 수 있었기 때문이다.

다행히 은신처로 고른 장소는 잠복해 있던 경사지로 암석이 적어서 굴을 파기에 적당했다. 산봉우리까지 수십 미터밖에 안 떨어져 있어서 무너질 염려도 그리 크지 않았다.

디그 마법으로 한 번에 팔 수 있는 구덩이는 지름과 깊이가 50센티미터 정도에 불과했지만, 그래도 인력으로 파는 것보다는 편했다.

그렇게 마나 포션까지 먹어 가면서 입구 부분을 디그 마법으로 집중적으로 파낸 후에는 세 사냥꾼과 함께 삽질을 통해서 안쪽을 넓히는 방식으로 작업을 했다.

이 세계에도 삽과 비슷한 도구가 있었다. 수로나 도로 정비는 물론 병사들도 쓰기 때문에 많이 일반화되어 있었고, 마침 그 도구는 우연히 얻은 상인의 아공간 주머니 안에 있었다.

암석이 거의 없었고 땅도 무른 편이었기에 굴을 파는 것은 그리 어렵지 않았다. 세 사냥꾼들은 몰라도 포션을 복용해 가면서 마나를 지속해서 사용하는 가온의 작업량은 무시무시했다.

도축을 끝내고 가치가 없는 것들을 바로가 판 구덩이 안에 집어넣은 청년들이 가세하자 본격적으로 굴 안쪽의 공간을 넓히는 공사가 시작되었다.

그러자 가온은 작업에서 빠져 마정석과 함께 도축해서 나무틀에 고정된 가죽 20장을 챙겼다. 절반 이상은 화살과 창이 뚫고 들어간 자국 때문에 제값을 받기는 힘들지만 그래도 50실버 이상은 받을 것이다.

가온은 혹시 몰라서 가죽 등 오크 부산물과 함께 놈들이 사냥해서 들고 가던 뿔사슴들의 사체까지 모조리 아공간 주머니에 챙겨 넣었다. 물론 화살과 창을 회수한 것은 당연했다.

헤븐힐과 매디가 고개 아래의 휘어진 부분까지 내려가서 정찰하는 사이에 가온과 바로는 디그 마법과 삽을 이용해서 도축 잔해물은 물론 오크의 피가 낭자한 전투의 흔적을 없앴다.

굳이 그렇게 한 의도는 따로 있었다.

'정찰이야 잠시 다녀오면 되고 이 고갯길이 놈들이 다니는 길목이라니 해가 지기 전에 한 번 정도는 더 사냥할 수 있겠어.'

고용한 청년 중 한 명이 알폴광산에서 일한 적이 있는데, 이 고개를 넘어 1~2시간 정도만 걸으면 광산이 있는 계곡 하류가 나타나며 그곳에 대규모 오크 무리가 터를 잡고 있다고 말해 주었다.

그렇게 뒷정리를 끝낸 가온이 다시 굴 안으로 들어가려고 했을 때 잠깐 다시 올라온 매디와 헤븐힐이 특이한 부탁을 해 왔다.

"석궁을 사용하는 방법을 알려 달라고요?"

"네. 창으로 마무리를 해 보니 생각보다 두렵거나 징그럽지 않았어요. 축복이나 치료도 중요하지만 저도 사냥에 직접 도움이 되고 싶어요."

"저도 부탁드려요."

헤븐힐까지 그렇게 나섰다.

생각해 보니 나쁠 건 없었다. 특히 헤븐힐의 경우 매디와 달리 공격 수단이 없기 때문에 오히려 그녀에게 석궁이 더 필요했다.

가온은 아공간에서 석궁 2개와 볼트 통을 꺼낸 후 찬찬히 지도를 했다.

석궁은 경험과 힘이 필수적인 활과 달리 일반인들도 잠깐만 배우면 어렵지 않게 사용할 수 있었다.

이 세계의 석궁은 주요 부품과 볼트를 철로 만들고 정교한 제작 과정이 요구되기 때문에 활과 화살에 비해서 비싸기는 하지만 가까운 거리에 한정하면 위력이 활보다 훨씬 더 강했다.

무엇보다 석궁은 여자들이나 힘이 약한 이들도 사용할 수 있다는 장점이 있었다. 장력이 큰 활 시위의 경우 당기거나 유지하는 데 높은 근력과 지구력이 필요하지만, 석궁은 장전 보조 장치를 이용할 수 있고 일단 장전해 두면 힘들이지 않고 유지할 수 있었다.

가온에게 세세한 지도를 받은 두 사람은 멀리 보이는 고개 아래쪽을 정찰하는 동시에 틈틈이 볼트를 발사하는 훈련을 했다. 여기저기 널려 있는 나무들이 좋은 목표가 되어 주었다.

그렇게 두 사람이 석궁을 사용하는 훈련을 하는 것을 확인한 가온은 다시 일행에게 합류했다.

본격적으로 비트를 만드는 작업이 시작된 지 1시간 정도가 지나고자 해가 지기 시작했다.

은신처를 만드는 작업도 거의 끝나가서 아쉽지만 오크 사냥은 그만 포기해야 할 것 같았다.

그때 매디가 황급히 달려왔다.

"또 다른 오크 무리가 보여요!"

"얼마나 됩니까?"

"이번에도 스무 마리 정도예요."

아무래도 사냥을 위해 출타한 놈들은 2개 조로 움직이는 모양이다.

"아까 한 대로 오크들을 사냥하면 됩니다. 질문 있습니까?"

있을 리가 없었다. 단순한 공격 방식이었다.

사냥은 종전과 거의 동일한 방식과 순서로 진행되었다.

가온의 트라이던트는 전사장들만 노렸고 아홉 명이 창을, 네 명이 석궁을, 세 명이 활을, 그리고 한 명이 파이어 애로를 사용해서 오크들을 공격했다.

물론 헤븐힐과 매디로부터 버프와 축복을 받아서 전투력이 상승한 상태였다.

슉! 슉! 슈욱!

소나기처럼 퍼부어진 화살과 볼트 그리고 창 세례에 사냥감을 가지고 의기양양하게 마을로 돌아가던 오크들이 비명을 지르며 쓰러지고 파이어 애로에 머리를 맞은 오크가 머리를 부여잡고 울부짖으며 바닥을 굴렀다.

세 차례에 걸친 화살과 볼트 그리고 창 세례가 끝나는 순간 가온은 이전처럼 혼자 아래로 뛰어내렸다.

이번에는 헤븐힐과 매디가 석궁 공격에 더 가세했고 아까와 달리 간격을 넓혀서 목표가 중복되지 않도록 해서 그런지 죽거나 심각한 부상을 입은 오크가 열셋이나 되었다.

가온은 용케 트라이던트를 쳐 내는 데 성공했지만 아직 사태를 제대로 파악하지 못한 오크 전사장을 상대로 훈 검술과 빠르고 민활한 움직임으로 네 합 만에 놈을 전투 불능으로 만들었다.

그사이 나머지 오크들은 도망치려고 했지만 다시 퍼부어진 화살과 볼트 그리고 파이어 애로 세례를 피하지 못하고 다른 동료들과 같은 신세가 되고 말았다.

그렇게 부상을 입힌 상태에서 헤븐힐과 매디 그리고 바로는 창과 석궁으로 마무리를 했다.

'이번에는 아예 레벨도 오르지 않는군.'

레벨이 높아진 만큼 전사장 두 놈을 사냥한 것으로는 레벨 업에 필요한 경험치가 충족되지 않은 것이다.

하지만 이번에는 서포터로서만이 아니라 석궁과 마법으로 공격에 참여했고 전사장 한 마리를 포함해서 부상을 입은 오크들을 마무리한 헤븐힐과 매디 그리고 바로는 이번에도 레벨이 올라갔는지 주먹을 불끈 쥐고 마구 흔들며 기쁨의 함성을 질렀다.

마무리는 앞서처럼 진행되었다. 아직 해가 좀 남아 있었기에 아래로 내려온 청년들과 사냥꾼들이 달려들어서 도축을 시작한 것이다.

그사이에 가온은 위로 올라갔다.

"석궁까지 사용해서 그런지 레벨이 2나 올라갔어요!"

"호호호. 나도 2나 올랐어!"

"짜기라도 했나? 나도 2가 올랐어."

공헌도가 높아서 그런지 매디와 헤븐힐은 이번 습격으로 바로처럼 2레벨이나 올랐다.

"나 완전 석궁 체질인가 봐!"

"호호호. 적중률은 제가 더 높을걸요."

"아니거든. 내가 쏜 볼트가 네 놈이나 맞혔다고!"

"제 볼트들은 모두 머리를 맞혔어요!"

"무슨 소릴!"

아옹다옹하는 헤븐힐과 매디의 모습도 보기가 좋았다.

"바로, 도축이 끝나면 아까처럼 길을 원상태로 복구해 줘."

"맡겨만 주세요."

바로는 그 말과 함께 바로 아래로 내려갔다.

"해가 지고 있으니 이 길로 더 오는 무리가 있을지도 모릅니다. 헤븐힐 님과 매디 님은 고개 양쪽을 제대로 감시해 주세요."

"그럴게요. 그리고 편하게 불러 주세요."

"맞아요. 대장님이시잖아요."

그런 것은 절대 사양하지 않는다.

"그러지. 자, 서둘러."

"해가 완전히 넘어가기 전에 한 무리만 더 왔으면 좋겠어요."

그렇게 말하는 바로의 얼굴에는 전혀 피로감이 보이지 않았다. 그도 그럴 것이 그렇게 올리기 힘들었던 레벨이 오늘 하루에만 무려 4나 올라갔으니, 기쁠 수밖에 없었다. 자신의 마법으로 오크를 사냥하는 과정에서 재미도 느꼈을 테고 말이다.

가온은 혼자 굴로 들어가서 공간을 확장하는 작업을 하려고 했는데, 다시 보니 이 정도면 괜찮다는 생각이 들었다. 천장까지의 높이는 약 2미터로 머리가 걸리지도 않았다.

마지막으로 바깥에서 적당한 크기의 돌들을 주워 와서 빈중앙에 화덕 2개를 만들고 그 외의 바닥에 일전에 잡은 변종 늑대의 가죽을 까는 것으로 마무리를 했다.

그렇게 비트를 만드는 작업에 방점을 찍었을 때 두 번째 오크 무리의 도축 작업도 끝이 났다.

마정석과 가죽 등 부산물을 챙기고 멀리 아래쪽에서 휘어진 길 쪽을 감시하고 있는 헤븐힐과 매디를 부를 때 스톤이 피곤한 얼굴임에도 환하게 웃으며 다가왔다.

"온 님, 오늘 저녁에는 사슴 고기를 먹어야겠습니다."

이번 오크 무리는 어린 사슴 다섯 마리를 사냥하는 데 성공했다. 놈들은 사냥 직후 내장만 꺼내 먹어 치웠는데, 죽은 지 오래되지 않은 데다 건조한 기후 때문에 아직 부패가 진행되지 않아서 싱싱했다.

"향신료도 준비해 왔으니 구워 먹도록 하지요."

"그럼 좋기는 한데 연기 때문에 괜찮을까요?"

"연기가 왜요?"

"지금은 바람이 잠잠할 때지만 원래 밤에는 바람이 산 정상에서 아래로 봅니다."

그 생각은 하지 못했다. 오크 마을이 보이지 않는 산 아래쪽에 있다고는 하지만 인간에 비해서 후각이 몇 배는 예민하기 때문에 구운 고기 냄새는 충분히 맡을 것이다.

"바람이 얼마나 오래 안 불까요?"

"해가 지고 1시간 정도까지는 괜찮을 겁니다."

"그럼 바로 먹도록 하지요."

이제 막 해가 넘어가는 시점이었고 다들 시장한 상태이기 때문에 1시간이면 식사를 끝낼 수 있었다.

"준비하겠습니다!"

"이것을 사용하십시오."

가온이 상인에게 얻은 아공간 주머니에서 꺼낸 것은 팔에 차는 라운드 실드 2개로 유난히 두께가 얇은데 재질이 강철이라서 방어력은 일반 철로 만든 것보다 더 높았다.

"아! 끝내주는 생각입니다!"

스톤은 가온이 말하는 바를 정확하게 인지하고 환한 얼굴로 다른 사람들과 함께 동굴로 올라갔다.

이제 남은 것은 바로가 할 일밖에 없었다.

가온은 바로를 도와서 피가 흥건한 고갯길을 뒤집어서 전투 흔적을 지운 후 그와 함께 동굴로 올라갔다.

곧 잔치가 벌어졌다.

지글지글!

야들야들한 어린 사슴 살들이 먹기 좋게 잘려서 거꾸로 엎은 라운드 실드에서 익어 갔고 익기가 무섭게 사람들의 입안으로 들어갔다.

흥분 때문에 지금은 잘 모르고 있지만 여기까지 오는 동안 강행군을 했고, 두 번에 걸친 오크 사냥과 토굴을 파는 작업까지 하는 바람에 다들 지쳐 있었다.

그나마 가온이 중간에 내준 체력 포션이 아니었다면 다들 지쳐서 먹는 것도 마다하고 누워 버렸을 것이다.

먹는 속도가 얼마나 빨랐는지 불과 20여 분 만에 대부분의 사람은 배를 두드리며 뒤로 물러났다. 그래도 얇은 라운드 실드에 잘 마른 장작 덕분에 고기가 빨리 익어서 이렇게 빨리 식사가 끝난 것이다.

물론 가온과 헤븐힐 그리고 매디와 바로 남매도 같이 식사를 했다.

세 사람이 사용하는 프리미엄급 캡슐의 기능 덕분에 실제로는 유동식이 입안으로 들어가는 것이지만, 고기의 질감이나 빠져나오는 육즙까지도 생생하게 느낄 수 있었기 때문에 맛있게 먹었다.

식사를 끝낸 후 포만감을 아공간에서 찾은 찻잎으로 우려 낸 차를 마시면서 사냥꾼들과 대화를 나누어서 내일까지는 이곳에 머물면서 고갯길을 오가는 오크를 같은 방식으로 사냥하기로 결정했다.

이제 로그아웃할 시간이다.

"이제 저희는 우리 세상으로 돌아가겠습니다."

바로가 헤븐힐과 매디를 대표해서 인사를 했다.

"수고들 했어요. 그럼 내일 봅시다."

세 사람이 로그아웃을 한 후 가온은 세 사냥꾼을 따로 불렀다.

종일 걷고 오크들을 상대로 긴장한 상태에서 창을 던지고 도축을 한 청년들은 벌써 곯아떨어졌다.

"저도 다녀올 데가 있습니다."

원래 함께 밤을 보낼 생각이었는데, 아무래도 오늘 헤븐힐과 매디가 버스를 탄 것이 좋아서 만나자고 할 것 같았다.

가온이 텔레포트 아이템을 이용해서 밤마다 마법을 배우기 위해서 어디론가 다녀온다는 사실을 스톤이 이미 얘기해 두었는지 로벤과 벡은 이상하게 생각하지 않는 눈치였다.

"알고 계시겠지만 이곳이 오크들이 다니는 길목이니 불침번이 반드시 필요합니다."

바로가 고갯길을 두 번이나 뒤집어 버렸지만 토양에 밴 혈향은 남았을 가능성이 높았다. 후각이 예민한 오크라면 충분히 맡을 수 있었다.

더구나 오크 쪽 입장을 생각하면 사냥을 나갔던 두 팀이나 돌아오지 않았으니 혹시 오크들이 찾으러 나올지도 몰라 그렇게 당부했다.

"걱정하지 마십시오. 그래도 오늘은 달빛도 밝고 굴이 자리 잡은 위치가 좋아서 시야가 좋으니 졸지만 않으면 될 겁니다. 저희 셋이 저 녀석들이 한숨 푹 자고 일어날 때까지 번갈아서 불침번을 서겠습니다."

가온과의 인연으로 그의 부재 시에는 일행을 이끌기로 한 스톤이 진중한 얼굴로 말했다.

"그럼 믿겠습니다!"

가온은 그렇게 탄 대륙을 떠났다.

새벽에 예기치 않은 사고가 날 거라고는 생각도 하지 않은 채 말이다.

다음 권으로 이어집니다